一次战地采访

刘知侠 著

应急管理出版社
·北京·

图书在版编目（CIP）数据

一次战地采访/刘知侠著. ——北京：应急管理出版社，2023

ISBN 978 – 7 – 5020 – 9536 – 9

Ⅰ.①一…　Ⅱ.①刘…　Ⅲ.①长篇小说—中国—当代　Ⅳ.①I247.5

中国版本图书馆 CIP 数据核字（2022）第 182705 号

一次战地采访

著　　者	刘知侠
责任编辑	郭浩亮
封面设计	余　微
出版发行	应急管理出版社（北京市朝阳区芍药居 35 号　100029）
电　　话	010 – 84657898（总编室）　010 – 84657880（读者服务部）
网　　址	www.cciph.com.cn
印　　刷	德富泰（唐山）印务有限公司
经　　销	全国新华书店
开　　本	710mm×1000mm 1/16　印张　8　字数　90 千字
版　　次	2023 年 6 月第 1 版　2023 年 6 月第 1 次印刷
社内编号	20221308　　　　　　　定价　29.80 元

版权所有　违者必究

本书如有缺页、倒页、脱页等质量问题，本社负责调换，电话:010 – 84657880

出版说明

　　《一次战地采访》是我国著名作家刘知侠创作的小说合集。

　　提起刘知侠，人们大多会想到他创作的著名作品《铁道游击队》。这部作品主要反映了在抗日战争时期，鲁南地区党领导下的一支游击队在临枣支线、津浦干线上，打击日伪军的交通线、与敌人进行游击斗争的英雄故事。这部作品一经出版，读者们争相抢读，并先后被译成英、俄、法、德等近10种文字，成为抗日战争文学的经典。小说不仅多次被搬上银幕，还被选入过小学语文课本。

　　刘知侠一生创作颇为丰富，如《"铁道游击队"的小队员们》《沂蒙故事集》《一次战地采访》《芳林嫂》等，都是红色文学的经典之作。

　　《一次战地采访》是一部由刘知侠创作的中短篇小说集，包括《一次战地采访》《火线入党》《红嫂》《突破口上》等多篇小说，我们本打算把这些作品都呈现给读者，但碍于篇幅和读者接受程度的差异，最终只收录了《一次战地采访》中的两个篇目——《一次战地采访》和《火线入党》。然后又从刘知侠的其他著作集里选录了《铁道队》和《韩邦礼苦学记》。

希望读者在阅读本书的过程中,能感受到先辈们为了建立美好家园而付出的不懈努力,进而树立远大的志向和正确的价值观。

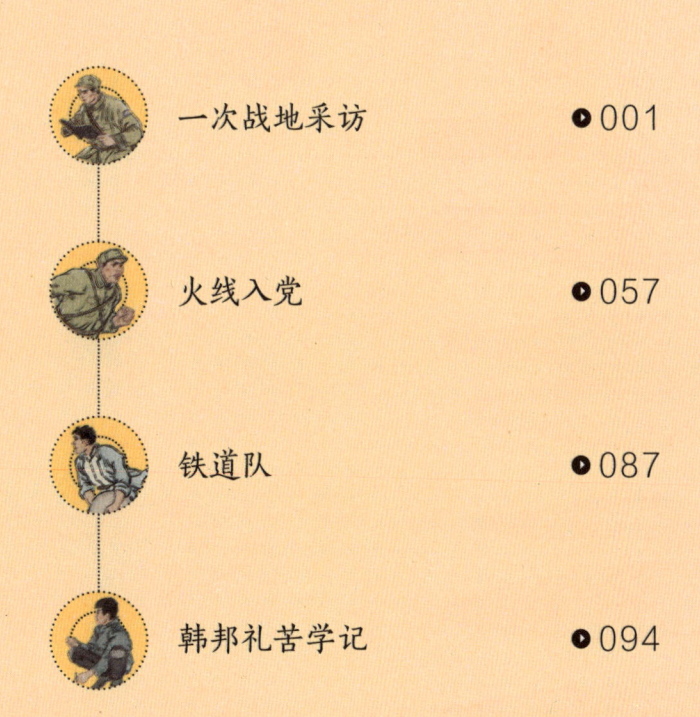

目录

- 一次战地采访 ● 001
- 火线入党 ● 057
- 铁道队 ● 087
- 韩邦礼苦学记 ● 094

一次战地采访

最近,为了写一部以解放战争为题材的长篇小说,我又翻阅了一下在战争期间的日记、访问记,以及其他一些文字资料。当我一接触到这些材料时,我就想起了那炮声隆隆、烟火弥漫的战争岁月。我当时以随军记者的身份参加了这个战争,在战场上,我目睹了我们人民解放军的指战员在歼灭敌人的战斗中,创造了数不尽的可歌可泣的英雄事迹。现在,当我翻着这变黄了的纸张,看着上边记着由于墨水褪色而显得字迹模糊的材料,除了想到这里所记载的动人的事迹以外,同时也情不自禁地联想到了我在战地获得这些材料的一些情景。

下边这个故事,就是我看到的材料"火线入党"访问记之后,所想到的在淮海战役里我的一段曲折而有趣的遭遇。

"火线入党"是我在淮海战役第一阶段曹八集战斗中采访的一个动人的事迹,为《华东前线》报写了一篇文艺通讯。

当我写"火线入党"的时候,我曾经访问过曹八集战场,也和创造这个战绩的一营的勇士们谈过话。稿子写好了,感到还有些细节需要补充,我还得再到曹八集去一次。由于在战斗时,我跟着师指挥部在外边，战斗结束时虽然进去了一趟，但很快就随部队撤出来了。因此，一营在北门坚持战斗的几座房子我没有看到。为了把这篇通讯写得更真切些，我很想再到战地去看看这几座房子。当我把这个意图告诉一营的王、宋副营长时，他们也愿意陪我一道再到曹八集去一趟，以便就地介绍一下当时的战斗情况。为了能早点赶回，我们决定骑马去，从驻村到曹八集是十二里路。

原来一营的营长和教导员，都在战斗中负了重伤，战后被抬到医院去了。实际上在战斗的后半段，就是这两位副营长指挥的。他俩指挥战斗都很出色，但是从外形上看，两人却有很大的不同。王副营长面孔白净，举止文静，像个书生，而宋副营长呢，面孔黝黑，身体强壮，性格却比较粗鲁。当我们三个人各牵一匹马，另带两个骑兵通讯员走出村庄时，正是上午十点多钟，敌人的飞机成群结队

地在晴空里嗡嗡乱飞。远近处不时有沉重的爆炸及扫射声传来，因为我军围攻碾庄蒋匪黄百韬兵团的战斗正急，敌人的飞机都集中到这一带，来替被困的敌人助威。敌机一发现地面上有人影活动，哪怕是一两个人，也俯冲下来扫射。因此，在战场上，除了东边碾庄一带的炮火响成一片以外，其他非战斗地区，也常点缀着敌机轰炸的轰隆声，还夹杂着俯冲扫射的嗒嗒声。文静的王副营长，望望天空的敌机，又看看身边的人马，用担心的眼光看了宋副营长和我一眼，以胶东口音慢慢说：

"我们的目标不算小，可得小心点呀！"

宋副营长不以为然地吼了一声："没有事！走！"说着就跃上他那匹花斑马。王副营长在上马前，用探问的眼神望了我一下，意思是说："怎么样？你能行吗？"

为了不在这些英雄们面前表示胆怯，我用眼睛答谢了王副营长的好意之后，说了句："没有什么，走吧！"就也跃上马去。我们就这样动身了，第一个勇猛地奔出去的是宋副营长，接着是老王和我。

我们骑着五匹马，在原野上奔驰。马蹄击打着地面，在我们身后扬起一长溜滚滚的尘土，后边的尘土还没消散，新腾起的尘土又云烟一样涌来，足有半里路尘烟，紧紧地拖在我们后边。王副营长的估计并没有错，这个目标很大，我们没跑上几里路，就被敌人的一架战斗机发现了。它从左边向我们身后袭来。

"注意！敌机过来了！"王副营长向前边的宋副营长提出警告了。可是宋副营长满不在乎地叫道：

"不要紧！快跑！"

当时我觉得这个宋副营长真是个冒失鬼，马和飞机赛跑，能有个什么结果呢？可是我看到前边的马在更快地疾奔，我也催着坐骑急追上去。我一边跑着，一边回过头来，看看敌机，已经飞到我们身后，笔直地向我们追来。我们虽然更快地飞驰，可是马达的声音却愈来愈近了。

飞机追马，是用不着多少时间的。眼看敌机从后边朝着我们的头顶俯冲下来了，螺旋桨摩擦空气的嗡嗡声，现在已经变成尖厉的沙沙声。敌机马上就到头顶了，只看见跑在前边的宋副营长扬起左手，向左边一指，吼了声：

"向左转，停！"

他突地一拨马头，折向左边一个长着几棵柳树的土坎下边，一闪眼工夫，我们这支小马队打了个旋儿，就突然停在那里。就在我们刚停下的这一刹那，嗵！嗵！……沉重的扫射声响了，一排排子弹，打在土坎上，在土坎上扬起了一长串尘烟。

随着敌机的扫射，我的心虽然在一阵阵跳动。可是我却对这位冒失的宋副营长感到敬服，他真有一手，他那么果断、迅速地摆脱了敌人，因为马能突然停下，而飞机却不能在空中停下来，它呼地就在我们头上闪到前边去了。

当飞机一闪过我们的头顶，宋副营长就叫了一声"走"，他一马当先，我们追随在他后边，跃出土坎，奔上大道，朝着飞机飞去的方向奔去。我们理解宋副营长的意图：他想在敌机绕到我们身后的这段时间里赶一段路。果然，在我们继续向前飞奔的时候，敌机向右转弯了，渐渐地绕向我们身后。当我们争取时间又跑出几里路的时候，敌机又从身后俯冲下来了，可是我们又像第一次一样，很巧妙地急勒住战马，折进一块洼地，敌机的扫射又落了空。

就这样,我们又和敌机打了个照面,就到达曹八集了。一靠近村庄,地形复杂,便于隐蔽,就没有什么问题了。当我们把马拴在一截长着树丛的短墙边,挥着脸上的汗水时,眼望着敌机垂头丧气地向远空飞去。

我们沿着一营进攻的道路,向这个小集镇走去。曹八集是个小集镇,四周有着不高的石砌围墙,围墙外边是又宽又深的水壕。北门外还有一些住宅,和市镇隔着一条长长的石桥。一营就是以北门外的这一片住宅作为进攻出发地,然后沿着这座石桥冲进北门的。

我和王、宋副营长站在北门外的桥头,脚下的土地都被炮火烧焦了,桥两边的房屋也被敌人的炮火打成乌黑的屋框。断壁上残留着累累弹痕,屋上的柴草都化为灰烬,落进屋框。屋里的东西烧完了,有些什么没烧透,还在冒烟,随着烟雾的缭绕,发出一股烧焦的粮食和油漆木器的味道。

登上石桥,才看清了桥身是三条狭长的石板拼架起来的。桥身的石板,被炮火打得有些残破了,上边有些地方熏黑了,有些地方染着战士的血迹。看到血迹,我想到这是勇士们昨夜留下的,他们端着机枪迎着激烈的炮火冲上桥去的雄姿,又浮现在我眼前:炮弹的爆片,插进他们的身体,他们咬牙拔掉后,把带着自己血肉的弹片,抛进桥下这混浊的水壕,勇猛地冲进敌群。

桥下的水确实是污浊的,因为昨夜双方炮火隔水射击,将水壕打得像开了锅的沸水一样。手榴弹、炮弹像雨点一样往水里落,掀起山峰似的水柱。水底的鱼被炸死了,没有碰到弹片的也被震昏了。因此,现在污浑的水面上,除了漂着带血的布片、碎纸以外,还有几条鱼儿,翻着白肚,死在水面。我看有几个帮助打扫战场的民兵,用杆子把鱼拨到岸边,用绳缚着拴在步枪的尖顶。他们背着步枪,尺长的鱼儿,在肩后摆动。

石桥靠近北岸的那一孔,并排的三块狭石板,整个断了,石条落进水底,现在上边架着一条长木板,我们从木板上走过。走上木板时,王副营长告诉我,他们进攻北门时,这一孔还留有一条狭石板可以通过。后来又被敌人的炮火打断,因此,阻拦了后续部队的前进。

我们走上北门,敌人的阵地和工事,都整个呈现在眼前。原来,敌人是以四周的短石围墙做屏障,构筑工事进行抵抗的。围墙上都挖有射击孔,围墙后边都挖了堑壕掩体。但是这强固的工事,却挽救不了他们,他们覆灭了。现在堑壕里都填满了敌人的尸体。北门是敌我反复冲杀、争夺最厉害的地方,所以这里的敌人尸体特别多。

进了北门,是一条市镇的南北大街,街道都是石板铺起来的。王副营长指着紧靠北门、街左边的两家店铺和后面的几座房子,对我说:

"我们冲进来,就占领了这几座房子,和敌人战斗,一直坚持到最后。"

我看着眼前的这一片房子,在我的想象中它一定是破烂的,但是实地看起来,却还要破烂得多。它被炮火打得百孔千疮,像经过了一场大地震一样,房屋被摇撼得东倒西歪。东北角的几间已经烧成屋框,其他的虽然没有焚毁,可是屋顶被炮弹打得像透风的篱笆,有的屋顶已经塌下来,一边着地了,那一边被墙壁支着;有的屋顶整个落了下来,又被屋里的木柜、货架等物顶着。人只能弯着腰走,或在里边爬行。所有的门窗、木器,都有着数不清的弹痕。屋里地上铺着厚厚的尘土、什物的碎片、成堆的子弹壳,还有手榴弹的拉弦。

为了看个究竟，我们走进了一家店铺。由于墙壁的倾斜，屋顶下塌，我们不得不弯着腰，挤着破烂的木器，小心地摸索着向里边走，因为一不慎，头就会碰着屋椽。像我们这几个人，在屋里活动还这么困难，昨夜一营的勇士们在这里坚持的艰苦处境就可想而知了。现在乍一看，不要说进去一个营，就是一个连也进不去。可是事实上，我们一营的指战员确实是在这里坚持战斗，苦战十个钟头，最后配合外边冲进来的兄弟部队全歼了敌人。

　　这也不难理解，为了夺取战斗的胜利，我们的勇士们什么困难都能克服。敌人集中全师的炮火，可以把这一带房屋摧毁，但是却丝毫动摇不了我们勇士比钢铁还要顽强的意志。这一带房屋四周成堆的敌人尸体就是明证。他们可以把房屋打得破烂不堪，但是却不能靠近房屋一步，因为在这残墙断垣里边，有着我们无坚不摧的勇士，把敌人坚决地消灭在反扑的路上。敌人反复反扑的代价，只能是在房屋周围构成一个尸体圈。

　　我们一边看着，王、宋副营长一边和我谈着当时战斗的情况，并指出"火线入党"的地方，不知不觉我们走进一个狭小的天井。在这里，我们碰到了一个矮小的老人，老人满身泥土，在整理着破碎了的家具。他的脸色是沉闷的，但是他一看到我们几个解放军进来，脸色瞬间开朗了，眼睛里迸出喜悦的火花，迎上来说：

　　"同志们！来了么？你看这里乱糟糟的，连个座位都没有。"

　　王副营长问："老大爷！你在干啥呀？"

　　老人指着破屋里的东西慢慢地说："我再收拾一下，这是我的屋子啊！"

　　啊！原来他就是这房屋的主人。我就接着问："老大爷！打仗时你在什么地方？"

老人脸上流露出一种严肃的神情对我说："同志！我就在这屋里呀！"

听说战斗时老人也在这里，性急的宋副营长也有些惊讶地望着老人说：

"打仗时，你在这里，我怎么没看见？"

老人说："我躲在柜子下，一点也没敢动。"

我向这位老人介绍了王、宋两位副营长，告诉他，就是他俩带着一营解放军在这里和敌人战斗的。老人一听说昨夜在他屋里指挥作战的同志来了，兴奋地走上来，紧握着王、宋副营长的手，激动地说：

"你们打得真强啊！好样的！有了你们这样的部队，蒋介石准得垮台。这些遭殃（中央）军真坏，净糟蹋老百姓，早该把他们消灭掉。你们打得好。"

老人被战斗的胜利鼓舞着，他亲眼看见了解放军如何顽强地消灭敌人，为人民消除了祸害。由于昨夜在激烈的战斗过程中，他和战士们一道度过了那最严酷的时刻，因此，战斗结束后，他也很自然地和战士分享了胜利的喜悦。虽然敌人的炮火摧毁了他的房屋、用品，但是万恶的敌人终于在他面前覆灭了。面对着这样辉煌的胜利，老人感到自己付出这点损失，算不得什么。

虽然这样，但我还是用安慰的口气，鼓舞着老人说：

"老大爷！你的房子在战斗中也出力不小呀！英雄们在你的房屋里战斗，你的房屋应该说就是英雄的房屋。"

老大爷笑着说："同志们为了消灭敌人，不惜流血牺牲，我这点损失还算什么!"

我们离开了老人,就又回到街上,顺着石铺的街道,向南走去。准备出南门,绕道回部队。

街道上除了到处散见的敌人的尸体以外,还有些被击毙的死马、死骡,横陈在道旁,或墙脚边。从外面逃难回来的居民们,都拿着刀子,蹲在这些死牲畜身旁,在割马大腿上的肉,准备带回家里煮着吃。马死不久,天气又冷,马肉还是新鲜的,煮着吃还是很可口的。

当我们继续沿街走去的时候,发现有些住户的门楼下边,有几个敌人的伤兵,他们一看到我们,就很快地躲进门里去。我军是优待俘虏的,战场上的敌军伤员,我们都和自己的伤员一样抬进医院去医治的,怎么把这些漏掉了呢?我把这个问题,询问王副营长,可是王副营长还没有回答,性急的宋副营长就气呼呼地说话了:

"这是他们自讨苦吃。他们在战斗中被打伤了,战斗结束后,我们打扫战场,是会把他们送进医院去的。可是他们思想顽固,怕我们再打死他们。当我们打扫战场的同志走到他们身边时,他们却夹在死尸中间装死。等我们的同志过去了,他们又爬出来。你说他们现在受罪,还不是活该!"

王副营长对待问题比宋副营长冷静,他说:

"这完全是敌人反动宣传的结果,怪不得他们。将来我们还得把他们送进医院里去。"

我们正在谈话的时候,从一个转角处,走来了两个打扫战场的战士,他们背了些捡来的武器,还夹着一些敌人的文件。我看到一个战士手里拿着两本精装的敌人的日记本,在战场上经常会捡到这种日记本的,我们的战士都很喜欢要它。战士感兴趣的并不是那里边记的东西，而是那些还未写上字的空白纸页，他们把有字的撕去，留下半本印刷精良的空白页，作为学习文化之用。

这两本敌人军官的日记，吸引了我。因为曹八集战斗，我军英勇歼敌的正面材料，我已知道很多；现在我很想了解一下敌人内部的情况，尤其是在我大军围歼下，敌人当时的狼狈情景。要了解这些，敌人军官的日记，对我就很有用处了。

我借口要看看他们捡了些什么文件，就向两个打扫战场的战士走去。王、宋两位副营长也跟了上来。

两个战士看着有指挥员在他们面前，就很拘谨地把所有捡来的文件，摊在我们面前。我并没去翻别的，顺手就拿起了那两本日记。

一本是蒋匪黄埔军校制的，扉页有蒋匪介石的照片和题词。日记的文字不多，也很简略，但粗看起来却有不少的反共滥调。显然这是蒋匪培养出来的、反动透顶的法西斯军官写的。这日记对我没大用处，我就把它还给了战士。我觉得战士可以把那几页废纸撕掉，作为他学习文化的笔记本。

另一本日记倒很使我注意。这是一本生活书店出版的黑色封面的"生活日记"。扉页贴着日记主人的两张照片，一张是着军装的，另一张是童年的。照片下边有着一首自题诗。日记的本文记得很多，几乎写了一大本，文笔还算秀丽，文字中间，没有反动军官惯用的"共匪"字样。我觉得从这里也许可以找到一些反映蒋匪军内部的真实材料。由于时间的关系，我不能细看里边的文字，急忙往后翻，看看他记到什么时候。翻到最后一页文字时，这篇日记的年月是1948年11月9日。小标题是："死的威胁"。我们围攻曹八集的日期是11月10日，他记到9日。这说明当他写这篇日记时，也

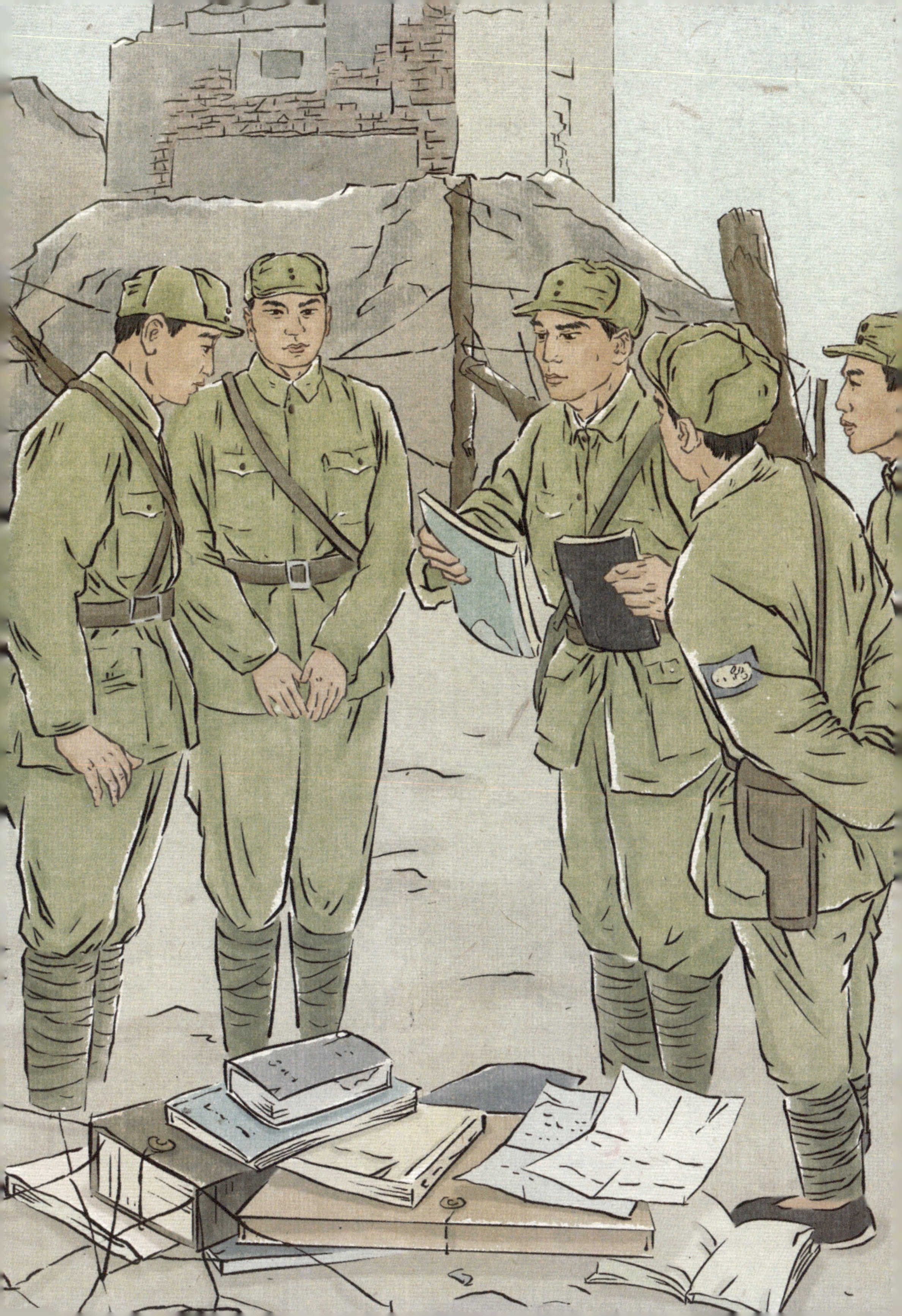

许我军围歼他们的炮火,已经在他头上响了,当然,他会感到死的威胁的。

我感到这本日记对我很有用处,就抬起头来,对战士说:

"这本东西我工作上很需要,把它送给我吧!"我突然想到这本子上还有一小部分空白纸页,没等战士回答,又马上打开日记本,翻到文字与空白的分界处,补充说:

"如果你们要这些空白页,我可以撕给你们。"

战士很慷慨地说:"你拿去吧!"

我拿了日记本,向战士表示了谢意。看看天色已过中午,我们就骑着马奔出曹八集,回驻地去了。

一路上,当然会有敌机骚扰,但是有我们两位英雄的营长在一起,就没有什么可怕的事情了。

回到一营驻地,在营部吃了午饭,我告别了王、宋副营长,到团部去。在团政治处我把已写好的"火线入党"稿子重新读了一遍,根据这次到曹八集战地的感触,又做了一番补充与修改,就交给了政治处代我转到《华东前线》报社。

稿子发出后,我感到一阵轻松,就到团政治处方主任屋里去了。方主任是位眉清目秀的青年政治工作者,工作有魄力有办法。他是抗日初期我在陕北抗大学习时的同学,这次我到他团里来采访,他给了我很多帮助。现在我来找他,为的是和他告别,我想在今天下午赶回师部,再转到碾庄战地去做新的采访。

一进屋子,这位方主任正在召集团的政治工作干部开会。他一看到我,就知道了我的来意。

"老刘!不要急着走嘛!等一会儿我开完会,咱们再在一块儿谈谈，一定等着啊！会马上就完了。"

他向我说了这几句，就又埋头于紧张的会议里了。为了不过多地打扰他，我就退到屋外。本来我的行李都已准备好了，向他告别后马上要走的，可是他又这样热情地约我谈谈，我怎好不答应呢？不畅谈一下，就匆匆地走了，也真有点对不起这位热情的老战友。

在等方主任开会的这段空余时间，我没有什么事好做，就到团部驻地的村边去散步了。

这时正是下午三点钟，太阳已经偏向西南。微风拂过，晴空里朵朵白云在轻轻移动，这本来是冬季里的一个晴和的好天气，可是天空的一切宁静景象，却都被敌机搞乱了。云层上下经常有飞机的小黑点，穿来穿去，忽隐忽现，把那厌人的"嗡嗡"声送到地面。地面的远近处，常有投弹和扫射声传来，黑色的烟柱，不时腾空而起，嗒嗒的扫射声也响个不停。这种敌机的"嗡嗡"声和轰炸、扫射声，在淮海战地几乎成了从早至晚，甚至夜里的一种惯常音响了。因为蒋匪主力被困于淮海地区，面临将要覆灭的命运，垂死挣扎的蒋匪介石当然会调动他所有的破烂飞机来全力支援了。我们的战士仰望天空成群的敌机，鄙夷地说："别再来吊丧了！"战士这种豪语说得很有根据，因为每次战斗，敌机照例要来支援，可是哪一次也没救出被围困的蒋匪军。因此战斗一开始，战士们就讽刺它又来吊丧了。

事实也正是这样，敌机的嗡鸣，比起现在东边围歼碾庄敌人的我军强大的炮火，显得太渺小了。它渺小得像巨大的锣鼓声里一缕低沉的胡琴的呻吟。

我的视线离开了晴空云朵之间的敌机，站在一个池塘边的小树林里，侧耳静听东边碾庄传来的炮声，大炮连珠般发射，响成一片，像滚了锅一样。机枪和步枪声像刮风似的分辨不清,它整个儿融化在惊天动地的炮火声里了。

池塘边的几棵老枣树,光秃的枝丫上还残留着零星的枯叶。由于沉重的炮声击打着地面,枯黄的枣叶禁不住震动,它颤抖一阵,就脱离了坚硬的枝干,索索地飘落下来,落进了微结薄冰的池塘。据老农讲,收过果实的枣树,枝干愈光秃,第二年结的果实就愈多。要真是这样的话,到明年的秋天,这清澈的池塘里,将要映出更丰美的红色果实了。

虽然晴空里传来敌机的嗡嗡声,四处常爆发出轰炸、扫射声,但是我站在这战场的一角,背后是小树林,对面是四周长着枣树的池塘,望着这些景色,感到一阵恬静。在紧张的战场跑来跑去的人,能有片刻安静也是可贵的。我想利用这难得的时刻,来读点什么。突然,我想到在曹八集战场上捡来的日记,它现在正放在我的口袋里。我就在小树林里找到一个草堆坐下来,掏出日记仔细地看起来了。

打开日记的封皮,扉页上两张照片,呈"V"字形映在我的眼前。左边的那张穿着军衣,大约二十多岁,长着一张富有沉思的表情的脸,这定是日记的主人了。右边的一张是穿着学生服的少年。从面孔看,和日记的主人有些仿佛,但也不太近似。想是作者的童年,或是他的友人和弟弟。两张照片之间写着一首小词:

一年,一年,又一年,
新月望到圆,
圆望到残,
寒雁排成字,

又会分散……

从这充满惜别情绪的小词看来，对右边那张童年照片的后一个判断，可能性就更大了。我看看下边的署名是："钟磊记于首都"。那么，这日记的作者名字叫"钟磊"是无疑的了。

翻阅第二页，我又看到一首名为《前题》的小诗：

残冷碰伤了我，
我易于落泪。
卑污教坏了我，
我满怀憎恨。
朋友，
不要以为笑容在我脸上生疏了，
就骂我冷情。

这首诗虽然不长，却道出了作者对生活的哀伤，对周围环境的不满。他最后的自我剖白，是可以理解的。只要是一个稍有正义感的青年，生活在罪恶的反动军队里，都会这样的。这首小诗，虽然耐人寻味，可是我并没在这诗上停留多久，因为我很急切地想看看日记的本文。但是日记的横格上写满了密密麻麻的、倒很挺秀的文字，写了将近厚厚的一本。时间短促，不允许我细看，所以我只能粗略地翻着看。后来我干脆翻到最后，先从后边看起，因为愈往后，愈靠近曹八集战斗，我急于要了解一下这个战斗，或接近这个战斗时敌人的内部情况。

最后的一篇日记翻到了。小标题是我在曹八集战地就已看到的:"死的威胁"。我越过这个标题,读到了下边的日记本文:

当战斗正酣之际,命令下达了,即撤至赵墩集合。如是,我率领着全台人员与机器,随着工兵连后退了。在黄路的两旁,遗弃了更多的辎重与公文,这更证明了事态的严重性。心陡地怦怦跳动,震慑于目前的恶劣环境,深深感到死的威胁。本来,人的死并没有什么可怕,不过是他在走完一段人生旅途的休息罢了。然而,假如我在这种场合下死去,我会含着永恒的遗恨。因为没有人回答过我,究竟为的什么而死?一向,四大家族为我们所憎恨,如今竟叫我为他们的财富而牺牲的话,正合一句俗话:"不合算。"我绝对要挣扎,我必须冲过去,我怒吼了。

……

下边的一段描述,是写他们在我强大的解放大军的压力下,狼狈向南溃逃,抢渡运河桥的情景,日记作者用文艺笔法生动地描写了敌人溃不成军,自相践踏的丑态。"怒吼了"的日记的主人,"在极度混乱中,终于挤过了河,最后才深长地吐了一口气,仿佛找回了自己生命那样欢欣,心头的阴霾骤然疏朗开了"。

读完这篇日记,我陷入了一阵沉思,它使我有不少感触。从这篇日记里,我了解到钟磊是敌人的电台工作人员,按一般情况说,电务是机要工作,一定是敌人的心腹人员才能充任。可是这本日记的作者,当他遭到死的威胁的时候,竟谈到"四大家族"的字眼,并且明确表示,为他们而死"不合算"。这却使我诧异起来。因为《四大家族》这本书是我们解放区印行的,它揭露了蒋、宋、孔、陈官僚资本的罪恶。这本书在解放区流行很广,人人都知道"四大家族"。可是蒋管区对这本书是禁止的,尤其在蒋匪特务紧紧控制的反动部队里,更是很难看到,那么,钟磊怎么知道"四大家族"呢?这就使我很费解了。莫非他是个进步青年,曾经秘密地接近过革命同志,偷偷地看过这本书?抑或他是个地下革命者?可是,不久,我就把后一种想法否定了。如果是地下人员,绝不会这样明目张胆地把"四大家族"写在日记上。那么,他很可能是个有着进步思想的敌方人员。从他临死前对战争的态度上看,他不像是一个忠于蒋匪的反动军官。

我反复地考虑着这篇日记所给我提出来的问题,虽然没有得出肯定的答案,但日记对我却增长了魅力。它吸引着我,使我产生了浓烈的兴趣读下去,我感到读下去一定会使我了解更多的东西。

可是日记又那么厚,不是短时间可以看完的,我只能大体上翻一翻。好在里边每一篇前边,都有着文艺性的小标题。我只挑那最醒目的、惹人注意的标题读,其他的留待以后再看。

我又往前翻去(因为我是从后面往前看的),一边翻着,一边读着一些进入我眼帘的小标题。翻过几页后我在一个"哭双十"的小标题下停住了。在双十节哭吗?哭什么呢?它吸引了我。我看看下边是首诗,我想到这个作者一定是爱好文艺的,又特别喜欢写诗。好在诗的句子短,便于阅读,一首诗很快可以读完,我就看下去了:

血的、鲜红的、光亮的"双十",
悲痛与激昂的"双十",

今天已是泪水莹莹了。
长眠在荒土中的千百万志士,
在大声地呼唤:
还我"双十"圣洁的光吧!
然而,
我们这一代不肖子孙,
却拿血腥渲染了"她"。
曾记得么?
"双十"给我们带来了兴奋。
解脱了统治者加在我们身上的桎梏,
更赐给我们热的强烈的光,
也为我们打开了自由的园地!
如今呢?
中心思想丧失了,
封建的余孽复活了,
革命者变成了大亨,
又出现了新的太上皇。
撒出了一条看不见的线,
紧紧地束缚在我们每个人身上!
如是,
多少人又开始了逃亡,
多少人又关进了土牢,
多少人在晚间丧失了生命!
挣扎在死亡线上!

多少新的有力生命被摧残,
和更多的财产送进了内战的枪膛!
炮声响在鲁中,响在东北,
响在华中,响在豫东,
响遍全中国每一个角落。
玩火者得意地玩弄着野火,
而这把野火啊,
如今烧到了自己头上!
随着这鲜红明朗的"双十",
了结他自己的生命!
今天的"双十",悄悄地、无声地降临了。
我们能拟想睡在黄花岗坟里的
一群普罗米修斯至圣的心情吗?
是悲痛,抑是懊丧?
现实的果实,
把他们至上的心灵刺得遍体鳞伤!

今天,党区里
高扎着彩楼,锣鼓喧天,
笑声洋洋!
毫无羞耻地
兴高采烈地来庆祝这红的"双十",
是蓄意的讽刺性的恶作剧,
还是垂死前下意识的纵乐现象?!

我怅望着十月的行云，
真要失声地长嚎了。
谁又能想象到
这一个伟大的日子，
今天所结的果子是这样呢?!

1948年"双十"节，应《怒潮报》约稿而写，但未被采纳，原璧退回，故录在这里，算作我今天的感想。

看了这首诗，我一方面感到痛快；同时，我又觉得好笑。痛快的是，这个曾经对国民党反动派寄以幻想的热情的青年，当他看到了他们血腥统治的罪恶，他感到了失望的痛楚。他那么激昂慷慨、痛快淋漓地咒骂国民党反动派，咒骂背叛人民的"新的太上皇"蒋介石发动内战，屠杀人民，并预言这些败类的结局是"玩火自焚"。这是蒋管区（也就是诗里所说的"党区"）广大人民的正义呼声。可笑的是他竟把这首咒骂国民党反动派的诗篇，投寄给鼓吹内战，为蒋匪军队服务的反动报纸上去，难怪不被

"采纳"而"原璧退回"了。想到这里,我倒觉得这个日记的作者,未免也有点太天真了。

天色虽然已经不早了,但是我宁愿今天晚走一些时候,也要再看下去。我又在往前翻日记的纸页了。突然在一页的字里行间,掠过一些"政治犯""审问"和"杀"的字句,仿佛是一些血花在我眼前浮动。我就在一个"苏北 × 趾移抄"的小标题下边读起来了:

进居唐家闸以后,以情况特殊,故甚为忙碌,每日除派二电话台随连出击外,还得参与作战大演习,研讨一些有关事宜,沙盘教育为我人员做战场的探讨,整个时间都花费在课堂上。可是因个人之情绪不佳,心情异常纷乱,故感到日子有点难过,大有一日如年之慨。

政治室连日审问一些据说是政治犯。所问大都是无头案,但是,动用了最残酷的电刑。当电流通过后,全身抽搐,状极痛楚,真不忍目睹。而执行者高踞其上,神乎其神,洋洋自得,毫无所见,且形愉适,吾殊不解之,彼等何其忍心如斯。动私刑加诸无辜者身上,以邀上官之宠,此辈无耻卑污行为,深为痛恨而屏绝之。欲替受害者一鸣其冤,可是自己未入流,列入摇旗呐喊之列,苟有点不满或寄以同情,自己的危险就大了。异党分子的帽子,会压在你的头上,那么生命也就旦夕难保了。明哲保身,我当有以效之。

近年来,诸多同仁,半真半假地说我有异党嫌疑,当初我倒不觉得什么,甚至于感到有点光荣。真的,我欣慕那些忠贞不渝的青年们。可是近年来,国共分裂,内战日益扩大,我真的吓怕了。国共之隙日大,大人先生们的心当然异常凶狠,等发现有异党分子存在,你自设想一下,将如之何? 不言而喻,可想而知了。故在今天,我深引为恐惧,假如被此谣所误,那真不啻是晴雯第二了。

在自己的私人日记手册里,说一句心灵深处的话,自抗战终了之后,多期望解甲,如今竟又扛起了枪,进入第一线,居然打起了自己人。想起来真痛心。真是我极不愿干的事。为了挽救祖国的危亡,我以一个未成年的大孩子,就参加了抗日阵营,8年来吃尽了苦难,受尽了熬煎,终于得到了胜利,如今才不到一年,就又干开了,说起来真寒心,悲乎老大中国……

在这一篇日记里,我以激愤的心情,看到蒋匪军内部的特务,在失却人性地杀害人民;同时从这一篇里我又以一种关切的心情了解了作者一段身世,当他还是一个"大孩子"的时候,怀着满腔抗日救国的热情,被骗进了蒋匪部队,由于不满他们屠杀人民,他在蒋匪部队里遭到歧视,最终还是被迫走上了蒋匪所发动的内战前线。

当我正在为日记主人的不幸遭遇又陷入沉思时,突然从下边密密层层的字句里,跳出了"清剿"的字样,这个字眼之所以特别引起我的注意,是因为对解放区的人民来说,"清剿"是个充满灾难的代号。抗战时期,日本鬼子扫荡根据地,对解放了的人民进行过"三光"政策的血腥"清剿",现在蒋匪军又攻进了解放区——这是抗日人民在共产党领导下从敌人手里夺回来的、解放了的土地。蒋匪军又到这里来"清剿",我要看蒋匪军在解放区,干了些什么罪恶勾当。我很快地又看下去:

在唐家闸居住了一个时期,在一个晴朗的早晨,出发刘桥清剿……好容易下午四时到达了目的地,前卫已发出了枪声。

天气变了，天空飘着浮云，风加劲狂吹。在黄昏时，终于刮下了牛毛雨。在一家小资产者家里居住下来了。同住者有特务排在焉！并捉到八九名所谓政治犯。九时左右，指导室的大人先生高搭公堂，大审其犯人，闹得一夜未有好睡。

林梓是个还不小的村镇，距此大约三十里，地形颇复杂，所以曾遭到阻击，一个连毁灭了，溃了一个连，震动了上官，捉来了一些政治犯，第二天就糊涂地报销了几个。据说还是杀头。在深夜的时候，我们熟悉的刘排长做了刽子手。在次晨吃早饭时，我问了问，只得到了一个神秘的微笑。三天后，我自己也亲自参加了一幕杀人的典礼，那是9月26号晚上十点钟。

一轮孤月，照抚着这悲惨的大地，夜风料峭，人们多已入了睡乡。我却被刘排长叫了起来，说是叫我满足一下好奇心。这一来，颇使我为难，不去吧，他们一块六人纠缠着。去呢，实在害怕，也不忍，叫自个儿去经历这一幕惨绝人寰的生死大悲剧。因此，纠缠了半天，结果还是被拉去了。天啊！五分钟内，杀掉了七个。一个不到一米纵宽的土坑，做了他们永久的归宿，生命竟是这样的草率么？乱世，我们小民竟是这么的……我真不欲再言。

看了这么几段敌人屠杀人民的血淋淋的描述，我的心像被铁爪紧紧揪住了，一股无比愤怒的激流，在我的血管里奔腾。我气得拿着这迸着血火的日记的手都在发抖，蒋匪军就是这样在屠杀着我们的同志，还有人民。深夜里的一幕惨不忍睹的杀人惨景，浮现在我的眼前。

我猛地抬起了头，憎恶地望着盘旋的敌机，正在漫天扫射，轰炸着村庄，一阵阵黑红的烟火在上升。可是我也听到东边围歼蒋匪黄百韬兵团的隆隆炮声，歼灭战已接近尾声了。是的，他们是逃不出我们为人民而战的强大的解放军的巨掌的。这些日记里所提到的刽子手们，在曹八集的歼灭战中，已得到了他们应得的惩罚。

太阳已经偏西了，北风起了，我微微感到些凉意。也该去找方主任谈谈了。说不定他现在正坐在屋子里等我呢，可是日记在我手中仿佛增加了分量，使我不忍释手。我又信手翻了几页，一个"一封未写完的信"的小标题又吸引了我，不由得使我又看下去。我下了个决心，看完这一篇，就动身去找方主任。

××

生活在鬼的地方，会感到恐怖与愤怒。因为"生活"与态度的不一致，遂引起了一些哈巴狗的注视，悻悻地狂吠起来，莫名其妙地给我戴上顶恶帽子，并赠予了一些颇为生动的好名字：盲从者，尾巴，"左倾"幼稚病患者，还有什么叛徒等名目。总之，一些什么的什么的好听的名字，都送给了我。我呢？一面在战栗与激动之余，亦只好默默地不否认也不甘承认，听凭一些好意的与恶意的人叫嚣。天下本无事，庸人自扰之。我生于这动荡的年代中，除了现实生活给我的教训才接受之外，其他的什么苍蝇与蚊子的嗡嗡声，又何必去管它？虽然活在黑暗中，我的眼睛固不敢说雪亮，但亦不至于瞎到看不出一点事物来。所以我除了走自己眼睛找出的路，绝不为嗡嗡声所迷惑。不过，长久生活于夜的人，没有阳光的提示，是很容易疲惫与灰心的。再加上一些狼狗的叫喊和敌视，确能使人发生战栗与恐怖的悲哀。因此，我在这里确有一日如一年、如一千年的感觉。

××，现在我才确切地体会出夜行舟对于灯塔期望殷切的意思了，也了解到客观的存在对人的重要性，更明白了环境决定人的存在的深意了。现在我要做的是走，走，走到沙漠，走到荒野，走到人生的战斗角落，否则，我的一生将要毁灭了。但我的双足啊！却被紧紧地系着……

看了这封没写完的信，我的心情沉闷起来。我合上日记，闭住眼睛，仿佛看到了一个青年，被一群恶魔拖进罪恶的深渊，他拼命地挣扎，但是却挣不脱恶魔的手掌。他在诅咒，他在呻吟，他又在做着还要活下去的呐喊。

他的呼声是那么凄惨，听起来令人心酸；他憎恶周围的一切，在那里他感到孤独，感到窒息，一刻也生活不下去。他的呼喊里充满着难以忍受的痛苦，没法形容的仇恨。他有着多么焦急的期望，期望着援助啊！

我虽然没有仔细看完他的日记，仅仅粗略地看了几篇，但是这几篇所反映出的蒋匪屠杀人民的血淋淋的罪行，却深深地激怒了我。对日记里所描述的作者的悲惨遭遇，深受感动。我开始看日记时的估计没有错，他不是一个反动的军官，他只是一个被迫为敌工作的受害者，他还有一颗纯正的心。在抗战开始时，还是一个"大孩子"的他，怀着满腔热情，投笔从戎，走上战场，但是他走错了路，误入了蒋匪反动部队。从此，他像被抛进狼群，狼逼着他去吃人，他不吃，狼就反过来吃他。他在那里被歧视，被折磨，苦难是多么沉重啊！可是他并没有出卖自己的良心，正义的火焰还在他身上燃烧。但是由于他本身的脆弱，他虽然挣扎，却挣不脱那冷酷的环境。他诅咒蒋匪军惨无人道地屠杀人民；他反对内战，但还是被鞭笞着走上了蒋匪发动的内战前线，参加了进攻解放区的罪恶行列；在感到死的威胁时候，他感到为"四大家族"的财富而死，是不合算的，他不愿这样死。可是他也许最终还是做了蒋匪打内战的炮灰。因为这本日记，是打扫战场的战士从敌人尸体堆里捡到的，很可能这个青年已经不在人间了。由于看到他的日记，我仿佛听到了他苦闷、挣扎的呼号，因此，对于他的这种结局，倍感惋惜。像他这样的青年，在蒋管区何止万千？他不过是这千万中的一个罢了。他们被蒙蔽，被欺骗，堕入蒋匪的陷阱；在苦闷，挣扎，却挣不出，最后也许都走上了他这个可悲的结局。想到这里，我不禁又激愤起来，决定把这本日记带到后方，将来把它整理发表，向全国人民控诉蒋匪毒害青年的暴行。

我从沉思中抬起头来，这时天更晚了。西去的阳光，还是那样温柔地照着大地；风吹进小树林，摇摆的枝条，互相撞击着，发出咯咯的音响。池塘边的老枣树，在沉重的炮声的震动下，依然索索地飘下零星的枯叶。听着我军围歼敌人的炮声，我低低地说：

"更猛烈地轰击吧！只有把敌人全部消灭，才能根除这日记里所描述的罪恶的一切。"我用这话，作为对大炮的祝词，来舒一下积压在胸中的闷气。

我俯下头来，若有所思地望着手中的日记，不由得又随手打开了封皮。我现在是以了解的眼光来看这日记主人的照片了。他的富有沉思的面容是可以理解的了。因为在他的脑子里有多少苦闷需要向人倾诉啊。

我再读一下他照片后边的《自题》短诗：

残冷碰伤了我,
我易于落泪。
卑污教坏了我,
我满怀憎恨。

看了他的日记,了解了作者的处境后,再来体会诗里所表达的情感,就很真切动人了。他短诗的最后两句是自我剖白:

朋友,
不要以为笑容在我脸上生疏了,
就骂我冷情。

这也是很明白的了。处在那样残酷的环境里,只要有一点天良,谁都是痛心的。只有像那刽子手排长,才会笑,当他杀人后,向钟磊报以"神秘的微笑",这不是人的笑,是狰狞的兽性的笑。

我回味着短诗的含义,望着薄冰上已沾满落叶的池塘,又坠入了片刻的遐想。

突然一阵风吹来,日记的纸页,被吹得一页页翻起来,从翻过来的短诗后边的第三面背面,几行竖写的潦草字迹,在我眼前一闪而过。这本日记都是横写的,怎么独有这页是竖写的呢?它引起了我的注意。我就翻动纸页,把它找出来。不看则已,一看倒使我大吃一惊,原来这是日记的主人临死前写的一封短信。信是这样写的:

未见面的朋友：

　　这是一个摇旗呐喊的小卒的短简，假如他死了，请你们这些获得者，按照下列地址，寄一封信通知他的家属，与他风烛残年倚闾望儿的老母。可能的话，将这与你们不适用的日记和照片，也一并寄去。

　　一个将亡人　钟磊　11月20日

　　通讯处：河南罗山县××店×××收。

　　附白：你们若爱管闲事的话，亦请附写一信给他梦里的情人。徐州××街××号徐××小姐。

　　这封信的发现，是这么突然，这么离奇。原来刚才翻阅日记时，是成数页一叠叠粗略地掀过去的，因此把这封短信漏掉了。是风把它又吹送到我的眼前。我几乎不敢相信这就是事实。我像从现实世界突然进入了情节离奇的小说里边。

　　这本日记是战士从战场捡来，没有来得及看就转到我手中的，这就是说我是第一个看到这封信的人。信既是我收到的，这一事实无形中就构成了我和写信人的一种关系，就是信内所称呼的："未见面的朋友"的关系。这位未见面的朋友，在信里对我还有些嘱托，没问题，我会照办。把这册日记和照片，寄到他的家里，把他不幸的结局转告给他徐州的"梦里的情人"。

　　从信的歪斜字迹，以及署名上的"将亡人"，我知道这信是他负伤以后写的。可是他现在到底死去了，还是活着呢？如果他还活着，他可以看到平日他所诅咒的刽子手、杀人犯，怎样在我解放大军的炮火下被歼灭，受到人民的惩罚。把蒋匪军全部干净地消灭了，中

国人民解放了，他会生活在祖国解放了的土地上，那时候，再没有他的日记里所控诉的罪恶。他要过一种真正的人的生活了。想到这里，我又高兴起来了。

　　可是经过一番判断，我不仅觉得我的高兴有点过早，而且感到我的希望太渺茫了。因为他既称"将亡人"，那么伤一定是很严重了。战斗是昨天傍晚开始的，如果是在战斗过程中负伤的，到目前为止，已是一天一夜的时间了。对于一个重伤者，在缺乏医疗的战斗情况下，是不容易熬过的。同时在一般情况下，他也不会轻易丢掉这册日记的，如果在打扫战场时他还活着，他会把自身的情况告诉我们的战士，他会受到我军优待，被送进医院。可是事实上，他这册日记，是打扫战场的战士从敌人尸体中间捡来的，想到这里，我就感到这位"未见面的朋友"确是凶多吉少了。我的心不禁又一阵阵沉重起来。

一次战地采访　★　029

如果他真的死了，我很想知道他死在什么地方。到那里去看看他的尸体也好，一方面再看看他身上是否还有什么文字材料，和其他遗物。文字可以让我了解敌人的罪行，促使我准备写一篇控诉文章；如发现其他遗物，我将和日记本一道寄送到他的家里。另一方面，这也是主要的，我想在战地亲手把他的尸体掩埋，以表示对这个不愿打内战，而又被迫走上内战前线，含着深深的遗恨，终于做了蒋匪炮灰的青年人的关切。我这样做，完全是出于对一个被敌人扼杀的青年的惋惜。

但是，他的尸体在何处呢？

要回答这个问题，最好找那两个打扫战场的战士，可是当他给我日记时，我并没有问他们的名字，又不知道他们在哪营哪连，怎么能找到他们呢？

我的心又焦躁起来，我决心找出一个线索。这一面不行，我就从另一方面去找。我忽然想到了俘虏。曹八集战斗，除了击毙的敌人，不是还抓了很多俘虏么？而这股被消灭的敌人，又是一个完整的建制师，如果找到师部的俘虏，问他师部电台的下落，不就很容易找到了么？是的！我要循着这个线索找下去。现在的问题，是马上找到些俘虏，这也不大困难，因为我知道，我采访的这个团，就抓了一两千。想到这里，我就把日记装进口袋，从草堆旁站起来，向团政治处走去。我要去找方主任，请他给我帮个忙。

一见到方主任，这位热情的主任就叫起来：

"同志，你到哪里去了？我派人找你好久，都没找到。"

"我到村后的树林里散步去了。"我说。

"天不早了，不要走了。我已告诉伙房为你准备晚饭。刚才买了一只鸡,请你吃一顿。"

"我不走了。"我很干脆地接受了他的邀请。

"那太好了,晚饭后,我有时间,咱们得畅谈一下,我们好久不见了!"

"有点事情请你帮助,我想找俘虏谈点材料,你能帮我找几个吗?"

方主任惋惜地说:"你怎么不早说呀!今天上午我们这里还有一千多。可是现在大部分都送到师部去了;有一部分愿意参加我们部队的,又都分到各营去了。"

听了方主任的话,我沉闷了片刻,因为我的心情很焦急,既然有了线索可寻,我恨不得马上就找到俘虏,来问个究竟。方主任看出了我急于要找俘虏的心情,就以安慰的语气对我说:

"要找俘虏还不容易么!晚饭后,我派通讯员到一营去找几个就是,一营离这里只几里,很快就会满足你的愿望的。"

正说话,桌上的军用电话铃响了。方主任急忙抓起听筒,放在耳朵上。

他听了一阵,最后说:"那么把他们送到团部来吧!"说罢,他放下听筒,很高兴地对我说:

"老刘!你不是要找俘虏么?马上就来。一营分的一批俘虏里,又查出十来个军官,一会儿就送来了。你可以找他们谈去。"

这真巧极了,我沉闷的心情,顿时感到了轻快。我就问方主任:"我们抓了俘虏,难道官兵还分不出吗?"

方主任说:"这些反动军官的鬼花样也很多呀!当战斗快要结束的时候,他们看看大势已去,就要做俘虏了,就把他们的美式军官服脱下,皮鞋、手表,这一切军官所有的东西都抛掉,换上一身士兵服,鬼混进俘房群里。乍一看是不大容易分辨出来的,可是一分到营里,经过和每个人的个别谈话,对证一下相互的身份,他们就原形毕露了。"

"这一批查出的军官,都是些什么身份呢?"

方主任说:"据刚才一营报告,查出两个连长、三个副官、两个参谋,听说还有一个师部的电台台长……"

一听说有一个电台台长,我欢喜得几乎惊叫起来,这正是我需要找的人。我更急了,急忙问:

"他们什么时候能到这里?"

"很快!一营住得很近嘛。"

我来不及在这里等待,就匆匆地离开了方主任。我要到村边迎上去,为的是早一点见到这个台长。好在一营的驻地我是知道的,他们住在南边,我就到村南的一个小土坎上等着了。

不一会儿,我看到南边道路上有一小队人影,前后两个荷枪实弹的威武战士,押着十来个俘房,向这里走来。俘房的脸上都布满油污,大概是昨夜饱尝我军的激烈炮火之后,还没有来得及洗脸吧!他们穿着临时捡来的士兵棉衣,显得很不合体。是惧怕冬天的风寒呢,还是内心感到胆怯?他们都缩着脖颈,耸着肩膀,在行列里蹒跚着。

我没有等他们走近村边,就迎上去。为首的那个押解战士,看到我穿着指挥员服装,向我行了一个敬礼,我还礼后,就问他:

"这里边有个电台台长吗?"

战士回答:"有!"说着他就指指行列中间的一个,"就是他!"

我打量着这个台长,他是个中等身材的胖子,士兵服对他那臃肿的身子显得很不合适。他和别人不同的是,肩上还披了一条美国军毯。他看到我问他,就从行列里站出来,毕恭毕敬地给我行了个军礼。

我回头对战士说:"你们押着他们进去吧。"就指着胖子台长,又补充说:"我有事要留他在这里谈谈,这事我已告诉团政治处了。"

两个战士又押着俘虏到团部去了。我带着这个胖子台长,走到刚才我看日记的池塘边,靠着那个草垛坐下。开始我让他坐下,他只是唯唯诺诺地点头:

"官长!我站着就可以。"

从他面部的表情看,他也许已经了解到我军优待俘虏的政策了,脸上已没有惧怕的神情。这种不敢坐下,只是一种礼节上的拘谨罢了。最后我还是要他坐下,他就坐在我对面的地上。

"你是电台台长吗?"

"是!"他以旧军队惯有的服从音调,简洁地回答。

我要他不要太拘束,我们只是随便谈谈。接着我就问他是什么地方人。

"湖南人。"

"有个钟磊你认识吗?"

"谁?"他这个南方人,没听清我这山东话。

"钟磊。"说着我就从口袋里掏出日记本,把封皮打开,指着日记上边的照片,问他:"你认识他吗?"

他看了看照片,就连声说:

"认得,认得,这是我的同事。"

"你和他熟吗？"

"很熟。我是上尉一台长，他是中尉二台长，我们经常在一起。"回答以后，他像是怀疑我怎么认识钟磊，但是又不敢直问，就说：

"你和他是同乡吗？"

我摇了摇头，就接着问："他这个人怎么样？"

他一听要谈钟磊的为人，脸上马上出现了一种谈虎色变的神情，用惊奇的又像是神秘的口吻说：

"人家都怀疑他是赤色分子哩……"说了这一句，他突然发觉自己在我面前谈"赤色"这个名词，有些不妥当，就马上纠正说："怀疑他是有贵党思想的人！"当他看看我的脸色并没有什么特别的神情时，就又慢慢地说下去：

"其实他是个好人，只是心直口快，遇事太认真，经常跟人争论、吵架，容易得罪人，为这些他也吃了很多苦头。说起来，也真冤枉他啊！"

"他受了哪些苦，你说具体些。"

"他受的苦可多了。"他想了一会儿，就说下去，"就拿今秋鲁西南大混战的时候来说吧！那时我军和贵军，在黄河两岸拉来拉去，混战成胶着状态。一次，我们一百军，陷入贵军重围。贵军一气打到我们军部，在最危急的时候，军部的一个警卫营突然哗变，几乎使全军覆没。后来我们终于突围出来了，撤到丰县休整。这时军长大发雷霆。他认为保卫军部的警卫部队哗变，投了共产党，这对他是个天大的打击和威胁。他认为军内一定有异党分子在活动。他决心清理内部。此后，军内的灾难就来了，屠杀开始了。军长发动全军向他检举，有功者赏。只要他接到密告信，说某人有异党嫌疑，不问青红皂白,就抓到军部杀掉。因为他要巩固他的部队,他宁肯错杀一百,也不放走一个。结果七八十个军官都被杀掉了。实际上这都是些好人啊!这就是我们一百军最有名的丰县事件。"

说到这里,他顿了一下。一谈到丰县事件,他不免心有余悸,感伤地摇着头。我在粗略地翻阅钟磊的日记时,仿佛也看到有"丰县事件"的字样,只是当时我没有细看罢了。我就问他:

"当时有人告钟磊吗?"

"他得罪的人太多了,怎么会没有人告呢?别人是一封密信,就把头砍掉了。而钟磊是好多封密信告他。他很快就被抓到军部去了。"

"军长没有杀他吗?"我急切地问。

"没有。亏了他和我们师长有点关系。不然,十个钟磊也早被杀掉了。"

"他和你们师长有什么关系呢?"

"他是师长的老部下,跟师长多年了。在旧军队里很讲究这一套:讲人与人的关系,谁是谁的老上级,谁是谁的老部下,老上级对跟他多年的部下,就很亲信。钟磊怎么成了师长的老部下呢?说来话就长了。抗战初期,我军进驻豫南的时候,为了动员青年学生参加抗日,我军办了个通讯学校。当时钟磊正在师范学校读书,投考了我们的通讯学校。毕业后分到团里,在电台上当见习报务员。这时我们的师长官还很小,在这个团当团副。团副管团部的杂务,他正领导着钟磊。以后师长由团副升团长,钟磊也升为正式报务员。后来师长由团长升到旅长,钟磊就在他的旅里当副台长,后升为台长;老上级又当师长了,就很自然地把钟磊带到自己身边,作为师部的台长了。他跟师长到过各个战场，又一道出国到越南受过降。你看这不是老部下么？正因为有这个关系，所以当钟磊被抓到军部时，师长就有点火。军长要杀钟磊的时候，觉得应该给师长打个招呼。因为在旧军队里不仅下边讲关系，就是当大官的，相互之间也讲这一套。师长拍军长的马屁，军长也得拉拢下边的师长。如果师长不买军长的账，那么，他这个军长就不好干。因此，军长见到师长就说：'有人告钟磊是共产党。'师长一听就火了，怒冲冲地说：'谁说的？这简直是胡说八道！他自小跟着我，是不是共产党，我还不知道。'军长一听师长的口气强硬，觉得杀一个钟磊，得罪一个师长很不合算。而且这个师长又是'委座'的亲信。他就来了个顺水推舟，笑着对师长说：'你既然知道他不是共产党，这当然值得相信。那么就由你带回去好了。'就这样，钟磊才被放出来。不过军部的政工室的特务，还是死盯住钟磊不放。"

听到这里，我为钟磊的脱险，深深地吐了一口气。从这一段叙述里，我又进一步了解了他的为人和身世。他在日记里回忆参加抗战阵营时，说自己是个"大孩子"，可不是吗？他当时还是一个师范学生。从这个胖台长的谈话里，我也了解到了敌人内部的情况。蒋匪高级军官不但指挥他的反动部队去屠杀人民；在急了的时候，他也会屠杀内部稍有人性的人员。"丰县事件"就是一个很好的说明。不过这些情况，并不是我急切要了解的，我现在最关心的还是钟磊的命运。接着我就问：

"钟磊在曹八集战地的情况怎样？是负伤了，还是死了？"

"开始是负伤的，以后就不清楚了。情况是这样：当你们第二次冲进来的时候，我军内部已经乱了。战斗已经打到师部门口，师长已指挥不动队伍了。师长知道大势已去,也就干脆不指挥了。最后他把我们三个台长叫来,嘴里说着'完了!完了!'像和我们永别似的,和我们每个人握握手。他趴在桌上大口大口地吃着白糖,我们平时知道他喜欢吃白糖,可是却没见他吃这么多,这么凶。他是借白糖来寻求刺激呢?还是在镇定自己,这就不知道了。就在他一边吃糖的时候,面谕我们:'完了,一切都完了!你们给我发最后两份电报,然后把机器破坏掉,要把一切都破坏掉,一点也不留给共产党。'我们照他的命令发了两份电报:一份给蒋介石,说他战到最后,决定以死报国。第二份电报是打给军长的,要他料理他的后事……"

我听到这里,对这个血债累累,最后终于受到人民惩罚的法西斯军官,临死前所做的一番挣扎丑态,感到好笑,又感到厌恶。我打断了对方的话,郑重地告诉胖子台长:

"你们的师长没有那种勇气,他没有自杀,他是在逃跑时,被我军击毙的。他发给军长的电报,离这里并不远,因为你们的军长也在碾庄被围了。和他一样,也遭到了覆灭的命运。"

胖子台长怔了一下。显然,我告诉他的,是他所不知道的、令人吃惊的消息。我又叫他谈下去。

"师长的两份电报照发了。他炸机器的命令也被执行了,由于当时情况万分紧急,你们冲到街上的部队的冲杀声已经听到了呀!炸药放在机器下边,钟磊还没走开,炸药就被拉响了,'轰隆,轰隆',机器随着黑烟飞上天空,同时钟磊也被炸倒了……"

"死了吗?"

"当时还没有死,听说是炸到头部了,有人说流出了脑子。这时手榴弹已经打进师部院子了,师长跑了,大家都逃命了,谁也顾不得

谁了。当时隐隐看到,有两个好心人把他抬着,说是送进医院。部队被打得人仰马翻,就是送进医院又有什么办法呢?以后的事情,我就不晓得了。"

听完了胖台长的谈话,我的心里像压上了铅块一样沉重。我沉默了,半晌没有说话。这时,晚风吹拂着小树林,光秃的枝条撞击的咯咯声,听起来特别凄凉。池塘水面上已结了一层薄冰。老枣树虽然还在炮声中震抖,但已不是枯叶飘零了,因为枝丫已是光秃秃的了。这些粗壮的枝丫,迎着寒风,只等着明春发芽了。

钟磊的结局是被证实了,再没有比这个亲眼看到他倒下去的胖台长所提供的情况更确实的了。炸着头,又流出了脑子,这说明他是完了。虽然当时还活着,但是脑子已经流出的人能活多久呢?他日记扉页背面的短简,也许就是在这短促的一瞬间写的。他肯定是完了,这一点是不容怀疑地证实了。

可是我要去曹八集的决心却没有动摇,因为"火线入党"的稿子虽已发出,但还有些战地的情况需要了解。我很需要再去一趟。顺便可以打听打听钟磊的下落,掩埋一下他的尸体,找点他的遗物,作为对死者的一番凭吊也好。

我把胖台长送回团部,一路上除了要他安心,交代一下我们的俘虏政策外,我没有和他谈多少话。因为我的心绪不佳,再没有和他谈到钟磊的事,连问一下钟磊尸体的地点也忘了。不过就是问也是白费,因为他最后看到钟磊被抬走了。抬到哪里了呢?虽然隐隐听到说是抬到医院,可是情况那样紧,也不一定能抬到的。关于这个问题,胖台长也不会有确切的交代。

把胖台长送到他应去的地方以后,我就去找方主任了。一见方主任,我就说:

"我要马上到曹八集去一趟。"

方主任说:"天已晚了,很快就要吃饭了,明天再去吧!"

"不,我有点急事要办,回来再吃晚饭吧!"我谈到需要了解的情况,并把日记的事也大体告诉了他一下。他看我决意要去,就派了两个骑兵和我一道去,因为天色已晚,一个人到战地去是危险的。骑兵来了,我牵着马,和骑兵一道走出团部。我这位热情的老同志——方主任,一直把我们送到了村边。

方主任看看天色,太阳快落山了,西边的天际,已泛着淡紫的云霞。虽然天将黑了,可是敌机还是不住地在天空嗡嗡乱飞。大概是碾庄被围的敌人快完蛋了,它们要连夜赶来支援。远近的扫射和轰炸声不断地传来。突然一架战斗机,掠过驻村的上空,对着小树林,嗒嗒……扫了一梭子,有些枝丫被打落了下来。

方主任一看这情景，突然改变了主意，就对我说：

"老刘！算了！不要去吧！飞机这么疯狂，你们三匹马跑起来目标很大，要是把你打掉了，我们怎么给上级交代。"

他这后两句话是带着玩笑的口气说的，说罢，就拖着我往回走。我完全了解他为我的安全而担心的好意，可是我主意已定，就说：

"不要紧，上午我和一营王、宋副营长去过，我已经学会和敌机兜圈子了。你放心，没有事，我马上就回来。"

说着我和骑兵跃上马去，一勒缰绳，就箭一样奔驰到暮色笼罩的田野。

我们赶到曹八集时，太阳已经落山了。晚霞照在残墙断垣上，为那些虽然经过激烈的炮火，但还完整的房顶上，涂上了一层淡红的色彩。夜影在屋角、夹道的深处，慢慢升起。

我把马拴在北门外的一个小树行里，叫两个骑兵在这里隐蔽，免得低空飞行的敌机发现目标，就一个人向北门走去。

我把战地情况了解以后，看看时间还来得及，决定去查询一下钟磊的下落。

到哪里去找呢？战场上敌人的尸体到处都是，可是哪个是钟磊呢？他究竟躺在什么地方？这问题胖台长虽然没有明确告诉我，但是他却给我一个很大的启示，就是钟磊伤在头部。战地的敌尸虽多，可是因打着头而致命的总是一部分，因此，我决定对战地敌尸来个"巡礼"。我专看打着头的。伤在别处的我就不管他。这样做，就不会把时间浪费在更多的不是我所要找的目标上。

战斗是从北向南打的，我就从北向南找。过了石桥，我走遍了战斗最激烈的地方，因为这里尸体最多。我沿着敌人的遗尸查看着，遇到打着头的,便仔细地端详着对方的面孔,对照一下日记上的照片,如不是,我就走过去,又停在另一个打着头的尸体旁边。

就这样,我走遍了战斗最激烈的北门内外,查看了石围墙上的敌人工事,又绕着我一营勇士们坚守的房子走了一遭。见到了那么多尸体,可还是没有找到。顺街往南找,尸体就很少了,因为激烈的战斗是在北边啊。天渐渐地黑了,我站在街心,感到有点失望了。

我为难地看了一下手中的日记,忽然想到日记的主人是台长。这本来是我早知道的,由于要找尸体,我就把一切注意力都集中在尸体上,因此,从钟磊的身份着眼去找就疏忽了。他是个台长,任务并不是拿枪战斗。而我刚才所找的,都是敌我冲杀最厉害的场所,钟磊怎么能在这一带倒下呢?想到这里,我不禁为刚才的行动好笑起来,因为那是徒劳的呀!

希望又鼓舞起我的勇气。我就顺着大街向小镇中心走去。估计敌人的师部会在那里的。这时街道上的人比我上午来时少了。偶尔有几个老百姓挎着从马身上割下的肉,从家里取了些零用的东西,又都出外躲难去了。虽然镇里已经没有敌人可躲了,可是街上、门前到处躺着死人,也感到很怕人啊!

我正走着,突然看到路东的一个门楼下,有两个敌人的伤兵,大概是由于饥饿和没上药的伤口的疼痛吧,他们出来了,但看到我又有气无力地躲闪开了。我向他们走过去。他们一见我就连连点头,敬礼:

"官长!行行好吧!"

我说:"不要怕,我们解放军是优待俘虏的。"接着我就问他们:"战斗结束后,我军把你们的伤员都抬进医院了,打扫战场时,你们到哪儿去了?"

他俩面面相觑,并不作声。因为我听宋副营长说过,由于他们怕我们杀他,打扫战场时,他们有的夹在死尸里装死。这两个可能就是这样被遗漏在此地的。可是他们怎么好意思把这装死的行为说出口呢?

我看着他俩不作声,就对他俩说:

"你们现在受苦,完全是受了当官的骗,轻信了反宣传的结果。"

他俩连连点头说:"是!是!"其中的一个鼓起勇气乞求着:"官长!把我们送到医院去吧!"

我答应把他们的要求转到有关方面,并告诉他们,我们会有人来把他们送进医院的。接着我问他们的师部在什么地方,他俩向市中心靠右的一排房子指了指。我又问他俩是否看到一个姓钟的躺在什么地方?他俩摇摇头,表示不知道。

我离开这两个敌人的伤兵,向敌人师部的方向走去。在一个转角处,我看到一户人家,还敞着门,院子里站着一个老大娘,她旁边还有一个十来岁的小姑娘。她们正在收拾东西,看样子是回家取东西的,随后又要出去躲难了。

根据刚才和两个敌方伤兵的谈话,我觉得找死的不如找活的,从活的口里可以了解些线索和情况。因此,我就走进大门,想和老大娘聊聊。

老大娘看见我进来,很亲热地打招呼:"同志!进来坐坐吧,你来有什么事吗?"

我问:"老大娘!这一片还有伤兵吗?"

老大娘说:"啊!你是来找那一边的伤兵吗?"

我知道"那一边"是指蒋匪军，就点点头，承认是为这事来的。

老大娘一提敌人就恼火了，她气愤地说："这些龟孙还找他干啥，他们糟蹋老百姓，不干一点人事。"说到这里，她指指屋里、院里的破碎家具："什么都叫他们毁坏啦！"

小女孩一听妈妈谈蒋匪军毁坏她家的东西，就从身边提起一个铜盆，放到我的眼前说：

"叔叔！你看看这个盆，他砸不坏，就钻上两个窟窿。那些人真坏。"

我看看那个盆子的底上，确实有两个洞。我就笑着对这个女孩说：

"把这盆钻上洞的那个敌人，说不定现在他头上也被钻上两个洞了。"

小女孩听了我的话大笑起来，说："活该！活该！"

听到女儿说"活该"，老大娘又叹了一口气说：

"说起来这些人全打死也不多。不过老百姓可没有他们那么狠呀！今天上午，俺大儿，到前边学堂里去拿东西，看见一个当官的伤在学校里，躺在那里直哼哼。一见俺大儿，就央告着给他点热汤喝。没办法，我还是拿了砂锅，盛了水，抓上一把米，叫大儿到那里烧了碗热汤给他喝了。同志！恨是恨得咬牙！可是老百姓的心软啊！"

我问："伤在什么地方？"

她说："听说在头上。"

一听说是伤了头，我为之一震，刚才到处奔波，找遍战地所带给我的疲劳，都一扫而光了。我想这一定就是钟磊，今天上午还活着，距现在也不过四五个钟头。一想到是他，我急切地对老大娘说：

一次战地采访　★　043

"大娘！你快领我去看看他。"

可是老大娘脸上却布满了惊恐，说：

"天黑了，到处是死人，怪怕人的，俺可不敢去。"小女孩一看我要她妈出去，就拉着老大娘的衣角说：

"妈妈！我怕！俺不去。"

我急得头上出了汗，再三央告老大娘领我去，她执意不肯。

"同志！你自己去吧！"

"我不知道路呀。"

老大娘说："我指给你。"说着她就带我到大门边，指着前边一个胡同说："一进胡同，走到最后一个门，进去就是学堂的院子，听俺儿说，在南边第二个屋里。"

老大娘既然不肯，我只有自己去了。

一出老大娘的家门，我才发现夜幕将要整个笼罩大地了。人和马的尸体，在夜影里横陈着。马的庞大的尸体更难看，它的皮被剥了，肉被割去，只有头是完整的，因为那上边没有肉可割，马嘴的牙龇着，下身只剩了血淋淋的肋骨架。我才领会到老大娘所说的"可怕"是什么意思了。当我走到胡同口的时候，这狭长的夹道里的夜色更显得阴暗。为了以防万一，我就把左轮手枪从皮套里拔出来，提在手里向胡同里走去。

我是个"无神论者"，是不信什么鬼神的，可是现在走进这阴暗的胡同，精神上却有着异样的感觉。越往深处走，夜的阴影就越浓厚，我不禁感到一阵阵阴森可怕。四下的尸体及未被打扫干净的炮弹、杂物仿佛在暗处闪动。胡同也显得狭了，两边的墙壁，向我身上紧紧地挤来。虽然我是硬着头皮的，可是头发梢却不住地扎撒……

我理智上认为这是精神作用，用不着怕，但是却克制不住自己。因为在这小胡同里，到处是死寂，到处是暗影，只有我一个人是活的。虽然我知道死尸不会跳起来，但是它也并不太好看啊！我走着，只清晰地听着自己的脚步声。这时我倒希望看到一只猫或狗，甚至一两声远处的犬吠也好，因为这毕竟是活的，生的声息啊！我悔不该没带一个骑兵同志来做个伙伴。突然，我感到孤独起来。

我在胡同里慢慢地走着，除了精神上的孤独，还有些实际上的顾虑。就是我在这时候，特别不愿意由于不慎把脚踏到尸体上；再就是不要由于不小心踏响了遗漏在地上的炮弹；还有一个顾虑，就是这里很偏僻，打扫战场的同志有时搜查疏忽，潜伏的敌人散兵，突然跃出的情况也是常有的。因此，我把枪口对着前面，做着随时应付战斗的准备。在这种情况下，我不是大踏步前进，而是慢慢地、一步一看地向前移动。

这时，唯一鼓舞我向里走，并能够自我安慰的是，虽然这四下是怕人的死寂，可是前边总有个活的在等着我。他上午还在喝热汤的呀，而且这个人正是我所要找的。在这种希望的推动下，我走到胡同深处的大门边了。

我并没有马上进去，而是在门口站了一会儿。如果说刚才走进胡同，我还感到两边的墙壁在向我逼近，越往里走，就越感到孤单；那么，从胡同再往门里走，就更感到孤零零的了。既到了门口，还能不进去么？我又鼓了鼓勇气，端着手中的枪，走进去了。

院里的夜色苍茫，屋里就更暗了。因为这已是上灯时分，只有借着灯光才能看清东西，没有灯只能看到一个模糊的轮廓。院子里有三五具尸体，我没去注意它，刚才老大娘告诉我是在靠南的屋里，我就直接往南屋走去。

这一排房子有好几个房间,经过第一个房间,我只向里望望,就走到第二个房间的门前停下了。老大娘说的房间,是不是就是这里?正在犹豫,我发现门里边的西墙角上有烟熏的黑色痕迹,在这黑烟痕迹的下边地上有两块破砖,成八字形放在墙根,破砖的中间有一小堆炭灰。我判断这就是今天上午老大娘的儿子来烧热汤的地方,伤在头上的人毫无疑问是在这个屋子里了。

我向屋里打量着。屋的暗影里躺着两个敌人伤员,一个脸朝东墙躺着,另一个头顶着南墙,仰面躺着。仰面的那个靠里,只看到个轮廓。而脸对东墙的那个,紧靠着门,却很清楚地出现在我的眼前。

我想马上就进去,可是却熬不住这四下的死寂。从院子再进到黑屋里,这更深的逼人的气氛,会使我窒息得透不出气来。我想在进去以前,最好先把他喊起来。他能够坐起来和我说话,这孤独和死寂就会冲破,因为总算有一个活人在我身边了。想到这里,我便向屋里的人打起招呼来:

"喂!起来!起来!"

"……"

"喂!起来!……睡着了吗?"

"……"

依然是没有回答,院子里只有我的招呼声在回旋。我又喊了两声,还是没有回声。看样子,我只得硬着头皮进屋了。

我先走到面对东墙的那个人的身边,看看这人伤在何处。我弯腰仔细一看,不但头部没负伤,就是其他地方也没看到伤口,只看到脸是蜡黄的。由于没有伤口,我认为他一定没死,可是他为什么不作声呢？说不定他听到有人来，又在装死了。我再喊他：

"喂！起来！起来吧！"

还是没有回音。

"你怎么不回答呢？"

我有点不耐烦了，就用脚触了对方一下："快起来……快！"

我见他还不起来，索性弯下身去，用手抓他的手臂，想拖他起来。可是我的手一抓，就马上缩回来了。现在我才知道他为什么不作声了。他已僵硬得像块石头，不知死去多久了，当然不会回答我的问话了。

我转过身来，又走到头朝里的那人身边。在夜影里看到对方头上扎着绷带，我的心一阵紧张。虽然由于光线太暗，我看不清他的面部，不能肯定他就是钟磊，可是躺在我面前的人，是活的应该没有什么疑问，因为今天中午，他还喝了一顿热汤。就算不是钟磊，能和他谈谈也好，我又开口了：

"起来吧！"

"……"

"喂！快起来呀！"

我一边喊着，一边心里说："像你这样的人，就不该再装死了。"但是我又喊了两声，他还是不应。我又弯下腰来，想把他扶起。我抓住他的肩膀，向上搬了一下，离地不高，他又直挺挺地跌在地上了。我从手的触觉上感到，这又是一个死的。大概是在下午断气的。

我急忙走到门边，借着外边稍亮的光线，打开日记本，看一下钟磊的照片，又熟悉了一下他面部的特点后，就回到这个伤在头部的已死去的人的身边，趴到他的脸上辨认一下，看他是否就是钟磊，一看死者是个有着络腮胡子的中年人的面孔，就肯定不是钟磊了。再一看美式军服上的符号，这原是师部特务营的军官，我不禁厌恶地向地上唾了一口。

既然这里没有钟磊，我就没有任何理由，待在这离大街还隔着一个狭长胡同的深宅大院的一个黑屋子里了。我匆匆地奔出屋子，顺着我来时走过的地方，大踏步地走出大门，穿过狭长的胡同，就到大街上了。

一到大街上，我就像摆脱了一场噩梦似的感到轻松。这时天已完全黑下来，钟磊是找不到了。我正要回去找骑兵，这时两个骑兵同志牵着三匹马，正进了北门，向这里走来。大概他们也认为天已晚了，就来找我早点回去。我向他们招招手，他们就来到我的面前。

"找到了吗？"

"没有！咱们回去吧！"我说着，向南望望，南门不远了，从南门走还近些，就又对骑兵同志说："从南边走吧！"

我接过了马缰绳,想出了南门,再骑上去向驻村急奔。三个人牵着马在街上走着,马蹄铁击打着石铺的地面,发出"喀喀咪"的声响。

正走着,迎面碰到一个矮矮的老人。我没大注意,老人却走上来,亲热地拉住我的手说:

"同志!天这么晚了,你在干什么呀?"

我仔细一看,原来是我曾见过的英雄房屋的主人。上午我和王、宋副营长在他破烂的房屋里的一番谈话,给我的印象很深。我就对他说:

"老大爷!我是来找敌人的伤兵的。"

老人说:"还找他干什么?死了活该!可是咱们解放军心眼好,还来找他们把他们送进医院。"说到这里他叹了口气说:"恨是真可恨呀!可是看到他们在街上爬,也觉得怪可怜的。"

"你看到过哪里还有敌人的伤兵吗?"

老人向南门一指说:"刚才我还看到路西药铺里有两个。"

这是我们正要经过的地方。我们就告别了老人,向那个药铺走去了。

我们在老人指的门前停下,向门里一看,果然是一家中药铺,两间房子被一道长柜台隔开了。靠左的一间很黑,只隐约地看到一些划成小方格的药柜。右边的这间,因为通门,显得亮堂些。就在这外间的柜台下边,坐着两个敌方的伤兵,他们正因为伤口的疼痛哼哼不已。

两个伤兵一看到三个牵马的解放军站在门前,就一起连声地央求着:

"官长！救救命吧！"

我像和第一次见到的伤兵那样问他们，并交代了政策，安慰了他们一下，问他们是什么地方人。他们一个回答是四川，另一个回答是湖南。我突然想到钟磊是河南人，就不抱什么希望地顺口问了一句：

"这里有河南人吗？"

我的问话刚一落地，只听到柜台里边的黑影里，有一阵木板床的吱吱声，接着一声低沉沉的呻吟过后，我听到从那里传出沙哑的回声。

"同志！我……是……河南……人……啊！"

我急忙转过身去，望着柜台里边，只见黑暗处有一个人影从床上坐了起来。他的头上缠着雪白的绷带。这意外的发现，使我怔了一下，但是我没有犹豫就冲进了柜台的缺口，走到床铺旁边。我没有看清他的脸，事实上我也来不及看他的脸，就急促地问：

"你姓钟吧？"

对方突然一震，接着就抓住我的手，用颤抖的带哭的嗓音反问我：

"你怎么知道我姓钟啊？！"

他第一句回话是断断续续的，可是这第二句，却冲口而出了。这是他过于激动的缘故，我觉得他握着我的手在颤动，从他抽搐的鼻音里，我知道他现在已经泪水奔流了。

我就把日记摊在他面前。他一见日记，就用上半身整个扑上去，一边哭着一边说：

"它怎么到了……你的……手中……啊！"

这是钟磊无疑了,我就对他说:"正由于这本日记,我才来找你。"说罢,我就扶他起来:"走吧!我是特地来找你的!"

当我扶他下床时,他的腿跛着,原来他的腿也给炸伤了。当我搀他上马的时候,他的神志已经有些不清了。刚才他说话,是由于一时的激动、兴奋。可是由于他过于虚弱,经过过度的兴奋和刺激之后,他又进入半昏迷的状态了。他骑上马背时,嘴里不住地在喃喃地说着什么。

我知道他虽然昏迷了,但还是在激动着。

当我们要离开药铺回驻地的时候,另外两个伤兵也要求我把他们带走。我答应回去后,转有关单位来抬他们,因为要抬的不只他两个。

我们回到了团部驻地。方主任正坐在摆好了饭菜的桌边等我,香喷喷的炖鸡在灯光下冒着热气。他一见我回来了,就说:

"怎么这么晚才回来,快吃吧!一切等吃过饭再说吧!我等你好久了。"

"我还给你带来个客人!"

方主任听了一惊,问我:"你找到了吗?"

"找到了,我把他带回来了。"

钟磊被扶进来。在明亮的灯光下,我才看清楚他的样子。那张在照片上已经熟悉的脸,现在显得很枯瘦,没有血色,上边有着一条条紫色的血疤,上身被弹片撕破的棉衣也沾满了血迹,下边穿着的一条单裤,也破烂不堪。伤口的血还在顺着裤管流下来。

他面对着在过去的可诅咒的生活里所罕见的友谊的眼光,枯黄的脸上泛出了笑容,这也是他短诗里所剖白的久已"生疏了"的笑吧!

我向他介绍了方主任。方主任马上叫通讯员请医生来给他换药,换过了药,他的精神稍好些了。方主任看到他穿着破单裤,冻得打哆嗦,想到自己还有一条棉裤,就送给他穿上。刚从昏迷中清醒过来的他,只激动地说着:"谢谢。"

饭后,方主任以解放军政治工作者的身份,向他作了一番扼要的谈话,说明共产党一向爱护与关心青年,对于他过去的悲惨遭遇,深表同情。正因为我们爱护青年,所以很尊重他们,希望他们以自己的愿望来选择自己要走的道路。因此,方主任向他交代了我军的政策,要钟磊自己来决定自己的行动。方主任最后说:

"你愿意回家,我们发路费;愿意留下,我们优待。不愿在这里,要回去或到地方上休养,我们可以把粮食给你拨到地方上。……"

一听到方主任谈到"回去"两个字,他惊恐地站起来,生怕被恶魔再抓去似的,带着哭声说:

"不!不!我不回去!我什么地方也不去。我要留在这里。"

方主任说:"好!你愿意留下,我们当然欢迎!"

谈话后,我们就劝他早点休息。方主任叫通讯员给他找了一床被褥,把他安顿在另一个小屋里睡下。

第二天清晨,天气特别晴朗,一切都显得很欢快。从战地传来了胜利的消息,敌人就要覆灭了。我需要马上赶到战场上去。临分手时,我看到钟磊也上了担架,部队准备把他送到后方医院去休养。

他从担架上伸出了手,紧紧地握住我的手,激动地不愿放开。他最后含着眼泪说:

"我们还能见面吗?"

"会见面的！"我肯定地说，"从今以后，你将过一种新的生活了。希望你在医院好好养伤，养好后，我祝你在新的生活里为真理而战斗，愉快地前进。"

淮海战役全歼蒋匪主力五六十万人。战役胜利结束后，我就转道徐州回济南。刚解放了的徐州，浸沉在伟大胜利的欢腾中。几十万支援前线的民工，胜利地完成了任务，在街上游行，到处是一片庆祝胜利的欢乐景象。由于胜利，我想到了钟磊的"梦里的情人"就在徐州，我应该把钟磊的消息告诉她，使她高兴地知道，钟磊并没有死，还活着，而且活在我们解放军里边。我就按着短简最后的地址找去。街道找到了，小巷也找到了，可是走到半道，我的勇气消失了。我想她又不认识我，我怎样来介绍自己呢？既然钟磊没有死，他一定会写信告诉她的，我就没有必要来管这个闲事了。

回到济南后，我忙于日常工作，时间久了，就把这件事忘了。几个月后，我接到两封信，是从部队转来的，转了很多地方才到达我的手里。这就是钟磊的来信。看了他的信，我很高兴，不过他以火热词句，过多地渲染了他对我的个人感情。这对他来说也是必然的，但这是不必要的。可是，令我非常欣喜的是，他已参加到解放军的行列里了。他在俘虏军官团学习了一个时期，在学习期间，由于表现很好，就又被介绍到我们的军大去，毕业后被分配到部队工作了。

以后我解放大军横渡长江天险，南下解放全中国，听说在我追歼残余蒋匪军的人民解放军部队里，就有一个钟磊。他在为摧毁自己日记里所诅咒的一切，而贡献他的力量。

这个为整理战争材料而想起的，在战地采访中所遇到的故事，到这里就结束了。一想到这些往事，我仿佛又回到了战火连天的淮海战场。战争是多么丰富多彩啊！它使我学习到很多过去不熟悉而又很需要了解的东西。在战场的每一个战斗角落，都涌现出许多可歌可泣的英雄事迹、激动人心的材料，真是俯拾即是，顺手抓过任何一个素材，都可以写一个生动的短篇。纵然如此，作为随军记者的我，对于战斗生活，还是去细心地观察，及时地捕捉和向更深处挖掘。这就是我为什么在"火线入党"的采访过程中，由于发现了一册日记，而跟踪追迹，向深处发掘的原因。在整个发掘过程中，我的情感是沸腾的。

记得在战地，当我把这一段故事讲给一个我最熟悉的指挥员同志听的时候，他开玩笑似的对我说：

"你们这些搞文艺的，净爱管这些细小的闲事。"

当时我对这位指挥员同志说，他们做军事指挥员的人，完全可以把我这一趟挖掘材料，说成爱管闲事。因为他们的任务，是指挥部队打仗，消灭敌人。当战斗进行到最紧张的时候，他们全身心都贯注在指挥战斗上，紧张地抓着军用电话耳机，喊得嗓子都嘶哑了，熬得眼睛通红。他们的拳头可以击破桌面，因为如果他们有一点疏忽，就会便宜了敌人，给部队造成不应有的伤亡。一旦敌人消灭了，战斗任务完成了，他们才伸一下发酸的腰肢，痛快地打一个哈欠。一个千斤样的重担落了下来，身体疲乏极了，马上叫警卫员烧点热水，洗个澡，然后痛快地睡一觉。我觉得军事指挥员在这种情况下，不管这些闲事是应该的。可是我们战地文艺记者们呢？战斗结束了，该他们在战地奔忙了，因为战后有多少惊人的事迹出现啊！他们要抓住任何线索，去做采访。他们不但要从大处着眼，还要从小处着手，看到一点什么，都想去问问，管管这个"闲事"。如果有丝

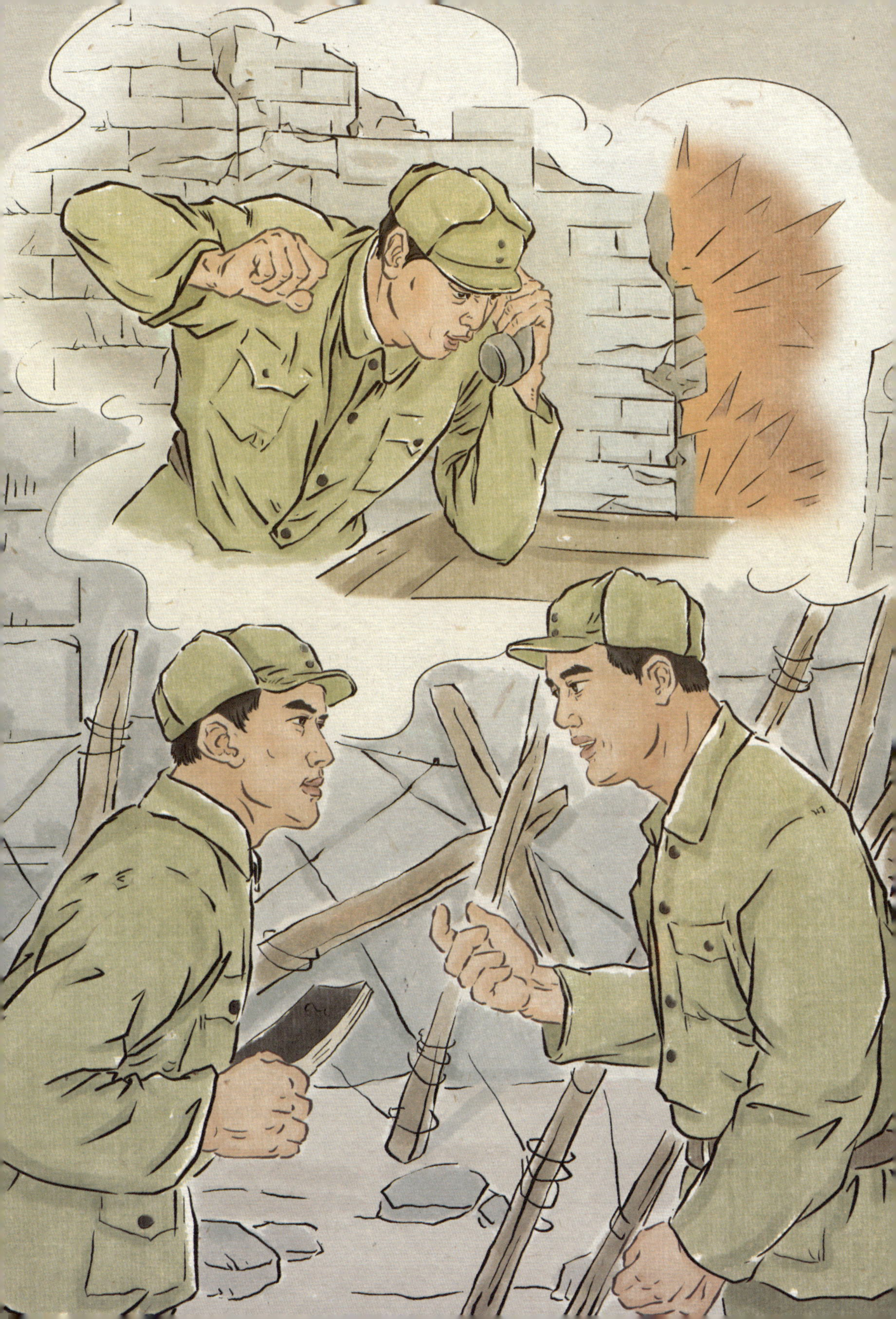

毫疏忽，就会漏掉一连串可贵的材料。而这些可贵的材料，就得不到反映，将会永远随着一去不返的岁月消逝。

事实上，如果我在采访"火线入党"之后，看到日记不去细加追究的话，它还不是一闪就过去了？那么，我就不可能向读者讲述这个《一次战地采访》的故事了。

火线入党

夜是漆黑的,寒风呼啸着。远处响着激烈的枪声,红绿的曳光弹,不时腾空而起,在黑色的夜空里画着一条条弧线。

河岸边的柳树行,被巨风摇撼着,像一排朝天的大扫帚,在夜空里扫来扫去。细长光秃的枝条,像牧人的鞭梢一样,在寒风里呼呼地抽打着。浅水里的枯草,已发不出窸窣的音响了,它们被吹倒在水面,被河边正在凝结的冰水粘住了。

一个连队赶到河边,悄悄地在柳行里停下来。由于长时间地急行军,战士们的棉衣都被汗水湿透了,乍一歇下来,身上一阵阵地在发冷。这时连指挥员正在研究组织部队渡河的计划。

河对岸,敌人碉堡上的灯火,时隐时现,枪弹不时从那里射击过来。隔河就是敌人的一道防线,蒋匪军企图在这里阻止我大军南下,掩护他们的残兵败将,沿着陇海铁路向西逃窜。

连指挥员从许多要求任务的战士中间,挑选了七个会泅水的勇士,组织成一支强渡运河的突击队。他们的任务,就是泅过河去,消灭对岸碉堡里的敌人,掩护连队搭桥过河。

王大勇是个机枪射手,由于他的积极要求,被选为突击队员。

他的弹药手小张，平时和他很要好，在以往战斗中从来没离开过他。这次看到王大勇参加了突击队，也一再向连长要求，最后也被选上了。

王大勇带着小张，兴致勃勃地跑到自己的班长赵力强面前，紧紧地握着他的手说：

"我们先过河了！"

赵力强以羡慕的眼神望着王大勇的脸，用充满鼓励的语调对他说：

"我们班里大家都要求参加突击队，只有你两个被批准了，你俩是很幸运的！冲过河去，一定要很好地完成任务啊！"

"班长放心！浮过去，保证把碉堡里的敌人消灭。我们在河那边等你们过去就是！"

班长点了点头，默默地望了望前面黑色的奔腾的河水，不由得回头望着小张，小张在王大勇粗大的身影旁边，显得那样瘦小。他忍不住问道：

"有信心吗？"

"有！"

小张毫不犹豫地回答了班长。然后，他又向王大勇望了一眼，好像说："他能过去，我也能过去。他打到哪里，我就跟到哪里。"

虽然这样，班长还是转过头来，嘱咐王大勇：

"在战斗中要照顾他！"

"是！我一定好好照顾他！"

"好！那么换武器吧！"

王大勇把机枪交给班长。班长又从班里挑了两支最好的冲锋枪，交给王大勇和小张。穿棉衣过河是不行的，接着他俩就把棉衣脱掉了。

夜半的寒风在河边的原野狂吼着，粗大的树干在狂风里左右摆动，远处有时传来树枝折断的声音；河滩凝结的冰屑，在风里切切作响。风吹打在战士的脸上、手上，像刀割一样疼痛，穿着棉衣也已经感到单薄了。可是这时的王大勇和突击队，却愉快地脱下棉衣。王大勇的心完全被一种战斗的兴奋所占据。同时，在他内心深处有一把永不熄灭的烈火在熊熊燃烧，就是最近他将要入党了，他现在应该像一个光荣的共产党员那样去战斗。

当王大勇脱下棉衣，把自己的东西交托给班长的时候，班长低声地问他：

"你的入党申请书写好了没有？"

"写好了。"王大勇以严肃的声调回答着。

他打开一个油布小包，里面是一本日记本，他从日记本里，取出一张纸，这就是他已写好的入党申请书。这是他在急行军中，利用短促的休息时间，在油灯下，怀着对党的最大虔诚和热爱的心情，用粗大的写字很不熟练的手，一字一字写下来的。他的班长赵力强是党小组长，在战斗和行军中经常帮助他，现在他要把这份申请书递给赵力强，由他转给党组织。由于过分严肃和激动，他拿着申请书的手，微微有点颤动。他刚要递给班长时，突然又把手缩回来了。

王大勇把日记本装进棉衣口袋里，把棉衣暂时披在身上，这是准备过一会儿交给班长的。他把入党申请书又用那块小油布把它包好，放进胸前贴身的衬衣口袋里，用别针别好。

"那么，把它送给指导员吧！他也很关心你这个问题哩！"赵力强看到王大勇又把申请书收回去了,就这样对他说。

"不!"王大勇低沉而严肃地说:"我想等战斗以后再交给组织!"

班长理解王大勇的心情,他不是不愿马上交出来,而是在这最严肃的一刻,他突然感到自己还不够条件,愿意再接受一下党的考验。他紧紧地握握王大勇的手,说了声:"好!"

突击队员们都准备好了,大家都脱掉棉衣,只穿着衬衣和短裤,将冲锋枪挂在胸前。为了在下水前临时抗御寒冷,队员们还都把棉袄披在肩上,蹲在一棵柳树后边避风。寒风一阵阵向胸口灌进来,有的人已经冻得哆嗦起来了。

指导员过来了。他的身材矮小,但是连最粗壮的战士见到他,都能从他身上汲取力量。急行军中,战士疲劳了,一听到他的声音,大家的劲头就来了;战斗到最艰苦的时候,只要一听到指导员的呼声,战士就又都像猛虎一样扑向敌人。他平时最关心战士,战士一遇到困难,就想到他。现在他看到突击队员们,很关切地问:

"同志,冷不冷?"

"不冷!"

突击队员为了表示战斗的勇气和决心,都忽地站起来,异口同声地回答,口气是那么坚决。

"不冷?!"指导员摇了摇头说,"我不相信。这样冷的天气,寒风刮得河边都结了冰,你们赤条条的肉身子,能不感到冷?!"指导员说到这里,略微停了一下。他环视着河对岸忽隐忽现的敌人碉堡里发出来的火光,听着断续的枪声,对突击队员们有力地说下去:

"寒冷!这是事实!但是为了战斗的胜利,我们要战胜这寒风,战胜这冰冷的河水，冲过去消灭敌人。在共产党领导的部队面前，没有不可克服的困难！同志们，对不？"

"对！"突击队员都齐声回答。

"来！"指导员喊着身后的通讯员，"给他们倒些酒喝！"

通讯员把装在水壶里的酒，"咕嘟咕嘟"地倒在一个大茶缸子里。指导员端到突击队员面前：

"每人喝两口，暖暖肚子，下水不会伤身子。这是一个渔民老大爷告诉我的！"

王大勇一边喝着酒，一边感到指导员关心战士，真是无微不至。这时指导员突然走到他的身边，问道：

"王大勇同志，你怎么样？"

王大勇听出这"怎么样"的意思，就是关照他要好好战斗。同时问问他是否还有什么事情需要交代。他马上就想到藏在胸前的入党申请书，他已决定在战斗以后，再交给指导员。一想到这事，他就感到身上增加了无穷的力量，他知道他应该怎样来进行战斗。所以他回头望了一下正注视着他的指导员，有力地说：

"我愿接受党的任何考验，一定好好完成战斗任务。"

"好！"指导员拍着王大勇的肩头说，"我相信你会这样的！"

突击队员们喝过酒，爬过柳树行边的土坎，下边就是河滩了。他们正准备渡河，突然，从河对岸射过来一阵杂乱的枪弹。连长马上命令机枪班，用两挺机枪，隔河对准发出火光的敌人碉堡射击。赵力强自己抱着一挺机枪，和另一个射手趴在土坎上，"哒哒哒"地向敌人的碉堡扫射了一阵。

河对岸敌方的射击声哑了，火光也熄灭了。这时连长就命令突击队:"过河!"突击队员们迅速地跳下河滩,在凝结的薄冰上留下匆促的脚印,跳下河去。

河中心的水流很急,呼呼的北风吹着,严寒总想把激流封冻起来;可是急湍的洪流,愤怒地奔腾着,摆脱了寒冷的锁链,还在滚滚前进。寒风拼命抽打着水面,在水面上翻起巨大的波浪。严寒也乘机在滚滚的洪流里打上烙印,像融雪一样的冰屑,已渗进水浪里了。冰屑像鱼群一样在浑浊的河水里,忽上忽下地随波漂浮而去。

王大勇把冲锋枪举过头顶,在冰冷的水里前进。水更深了,他把头昂出水面,目不转睛地瞅着对岸黑色的碉堡,向河中流泅去。冰冷的水流浸着他的身子,他每个毛孔都像被针刺一样疼痛,浑身的血直往头上冒。他的头嗡嗡发响,心怦怦地跳动着,呼吸也困难了。开始时,尖利的冰屑擦着他的身子,他还感到疼,可是后面就感觉不出了。四肢渐渐麻木了,手脚也运转不灵了。他心里一阵发慌,要是在这时抽了筋,那就完了。他吃力地向前泅着。

就在这时,他听到附近一个沉闷的呻吟声。他吃了一惊,一转过头,看到小张忽地沉进水里,不见了。他急忙泅过去,钻进水底,一把抓住小张的手臂,逆着水流向右猛力一推,把小张送出好远。就在这时,他也忽地沉下去,咕咚咕咚喝了两口水。他用力把身子往下一沉,脚已踏着河底。再猛力一蹬,他的身子逆着水流,像箭一样向旁边蹿去……

王大勇和其他突击队员下水以后,指导员就一直站在柳树行的土坎上,望着河对岸。他不时地抬起手腕,看看夜光表:三分,五分,十分……时间慢慢地过去了,可是河那边还是死气沉沉的,没有一点动静。

他心里不禁有些焦急,他猜想着可能是方向搞错了,因为自从机枪班火力扫射以后,敌人碉堡上的灯光熄灭了,到现在那边就再没有发出火光来。

已经一刻钟了,他想就是错了方向,现在也该找到碉堡,接上火了呀!可是那边还是一片沉静。河对岸是望不透的漆黑的夜,寒风在夜的河面上呼号。

这时指导员心里的焦急,变为担心了:他们可能遭到了不测。他想到河深水急,加上天气寒冷,再强壮的身子跳到冰河里,也会冻僵;手足冻僵了,就是最会游泳的人,也要被风浪卷去。想到这里,指导员的心情感到沉重。

连长在另一个地方观望着,现在也走过来,在夜色里望了一下指导员的脸,低低地说:

"他们可能完了!"

当他们正在研究下一步如何渡河时,营部的骑兵通讯员沿着河岸从远处跑来,向连长传达了营首长的命令:这边河深水急,不易渡过,要他们马上到距此地六里路的王庄渡口过河。那边敌人的防线已被打开,部队已搭好桥梁。总的情况是:敌人正沿陇海路向西逃窜,现在已被我军拦腰切断,敌军大部分在碾庄一带已被我军包围。他们的任务,是迅速突过河去,配合兄弟部队,把敌人的先头部队压制在曹八集,进行围歼。

任务是紧急的,连长马上整理队伍,向西行进。队伍已经走出小柳林一大半了,指导员还站立在河岸的土坎上,向河对岸眺望着。那边还是没有一丝动静。

指导员又把赵力强叫来,要他向河对岸喊几声。好在部队已经离开这里，就是被敌人听到，也不要紧。赵力强就向河对岸用力地喊着王大勇的名字。虽然他尽力放开了喉咙喊着，可是在狂风怒吼的原野里，他的呼声又显得多么微弱啊！声音一出口，就被风吹到另一个方向去了，根本就到达不了河对岸。

最后的希望已经破灭了。指导员叹息了两声，就和赵力强追上部队向西行进。

在行进中，指导员很难过地对赵力强说："他们可能完了！"

一提到突击队，赵力强就想到他班的王大勇。他眼里冒着泪水对指导员说：

"王大勇真是个好同志啊！"

指导员无声地点了点头，沉默了一下，问道："他的入党申请书写出来了没有？"

"写出来了。刚才参加突击队时，他要交给我，可能他想到自己还不够条件，便又收了回去，藏在身上。他说要在这次战斗任务完成以后，再交给支部。"

"是呀！越是有了政治觉悟的同志，就越想到自己做得不够的地方，越要求不断进步。你说得很对，他确实是个好战士！"

赵力强又说："王大勇同志进步很快呀！他过去作战勇敢，群众纪律也很好，可是有一个缺点，就是不能很好地团结新同志，尤其是对

新解放的战士,他讨厌他们,嫌他们落后。后来我们找他谈话,批评他这样不好,他开始不接受,因为他看到的落后现象也是事实。可是,当我们帮他分析了问题的本质,指出新解放战士的落后,是因为受了蒋匪军队的熏染,他们本身是劳动人民,都是被迫抓出来当蒋匪军的,如果好好教育,他们也会成为坚强的革命战士的;而教育他们的方法,必须要耐心地说服和以实际的模范行动来感动他们;对他们的任何冷淡和疏远,都会使他们离开自己部队,减少革命力量。我们把这些道理和王大勇同志谈清了,他当时就做了检讨。济南战役以后,大军南下,他在长途行军中,完全转变过来了:帮助新同志背枪、扛背包;看到谁情绪低落了,他就去找他谈话,帮助他解决困难。就拿小张来说吧!过去看到王大勇就害怕,可是现在呢?离开他一会儿就不行。刚才在柳树行里,王大勇报名参加突击队,小张就非要求参加不可。指导员!你看,王大勇同志进步多快啊……"

　　指导员和赵力强是在部队急促向前行进中谈话的,连队赶到王庄渡口,营里的其他连队早已过了河。营部的骑兵通讯员,正等在桥头,要他们马上过桥,向南快步跟进。

　　南边的枪炮声,激烈地响了起来,显然前边的部队已经和敌人接触了。他们过了桥,急速地向炮火连天的方向飞步前进。指导员沉重的心情还没有摆脱。想着失去的战士,他怀着无比的愤怒和仇恨,带领着他的连队扑向敌人。

　　当连队从柳树行撤走的时候,王大勇正伏在河对岸的河滩上。上半身趴在冰泥里,下半身还浸在水里。手中握着冲锋枪,枪口和目光正对着岸上的黑色碉堡。赵力强的喊声,他根本没有听见。

　　刚才他和冰冷的流水搏斗了一阵。在最危险的时候,他憋了一口气，猛力扎了一下，向右边靠南岸的方向，蹿出去一丈多远，总算脱离了险境——双脚踏着了河底，从水里站了起来。由于在冰河里浸得过久，他冻得骨头发疼，心里发慌，上下牙碰得咯咯直响。他水淋淋的身子，被寒风一吹，感到刀割一样疼痛，贴在身上的水湿的衬衣，马上结上一层薄冰，他就忽地又缩进水里。这时候，被寒风吹过的身子，反而感到冰凉的河水有点温暖了。可是战斗还在前边，他不能老蹲在水里呀。他端起冲锋枪，挺起身来，迎着寒风，从齐腰深的水里，向岸边走去。

现在他趴在河滩上，身下的薄冰，在他肚子的温暖下，渐渐融化为稀泥浆了；地下的气温，又通过稀泥，传到王大勇的身上。这时他仿佛感到稀泥有些温暖了。

王大勇朝两边望望，看一下其他的突击队员是否都泅过来了。可是河滩上却看不到一个人，也听不到一点动静。四下只是一片黑暗，寒风到处在呼啸。

他等了一会儿，又等了一会儿，还是看不到人影。他离敌人的碉堡只有十多米。他想：突击队员会往这边靠拢的。可是等了很久，还不见有人过来。他忽一转念：队员们也许都牺牲在冰河里了。他们一定被冰水冻僵了，手脚不灵，泅不过激流，被洪流卷去了。想到这里，王大勇不觉感到孤单起来。只剩下他一个人了啊！怎么办呢？他用手去摸了一下胸前的口袋，那个小油布包依然存在。他想到了党，想到写在入党申请书上的誓词，想到下水前他向指导员表示的"愿意接受党的任何考验"的话，想到河那边战友们还在等着他掩护过河……这一切，在他身上像增加了无穷的力量。这是最艰苦的时候，也是考验自己是不是一个坚强的人民战士的时候。他果决地向自己下着命令:"就是只剩一个人,也要消灭碉堡里的敌人,完成掩护任务!"

他整理了一下冲锋枪,把它挂在脖子上,悄悄地向斜坡上爬去。

敌人的碉堡在河岸的斜坡上,里面并没有灯光,黑黢黢地矗立在那里。他已经看到正面的黑色的射击孔了。王大勇避开了正面,迂回到右边,想从侧面进行袭击。

他在河滩的斜坡上,匍匐前进。斜坡上的尖石、树枝划破了他的手掌和膝头。他那冻僵了的皮肤,硬得像树皮一样,一点也感觉不到疼痛。

王大勇爬上斜坡,绕到碉堡西边。这里有一道通交通壕的小门,门开着,风呼呼地往外灌,显然对面还有一个小门。他屏住气,倚在门旁的石壁上,把冲锋枪口对准门里,侧耳倾听里边的动静。听了一会儿,里边一点声响都没有,只有寒风穿过射击孔,悠悠地打着呼哨。他索性跳下交通壕,把枪伸进门里,正要进行喊话,突然看到对面有个出口,一个黑影闪动了一下。他高声咋呼着:

"不要动,缴枪不杀,解放军优待俘虏!"

几乎是在同一个时间里,对面的人也喊了起来:

"缴枪不杀,解放军优待俘虏!"

一听声音,就知道是自己人,王大勇急切地问:

"你是谁?"

"我!"一个清晰的应声传过来。

这一次王大勇才听出是小张的声音,他心里一阵阵高兴。他俩又向碉堡里喊了一阵话,里边还是没有声响。王大勇和小张就从两头进去,向里边搜索了一阵,在狭小的碉堡里打了几个转,却不见一个敌人。原来在突击队刚要下水时,敌人慌乱地打了几枪,就逃窜了。

这时,王大勇才松了一口气,紧紧地握着小张的手,问道:"其他的突击队员呢?"

小张低声地说:"他们都没能上来呀!"说到这里,这个年轻的战士哭泣起来了。"在那样的冰河里,谁能顶得住啊!我腿被冻得抽筋了,亏你托了我一把,把我送到浅水里,不然,我也要被冲走的!"

听了小张的话,王大勇的心像刀绞一样难过。出发时是七个人,现在只剩下他们两个了。但是他了解眼前还不是难过叹息的时候,现在的任务是,马上通知河那边的部队渡河,使部队迅速投入战斗,去为牺牲的战友复仇。可是怎样通知河北边的部队呢?他们突击队临下水时,连长指定由一班长带队,他身上带着信号枪,准备过河完成任务后和部队联络。一班长已经被水冲走,现在用什么来和部队联络呢?

再泅过河去吧?已被冻坏的身子,是泅不回去的。事不宜迟,王大勇就对小张说:"干脆用嘴喊吧!敌人已经逃窜了,也用不着保守秘密。"他俩就对着向北的射击孔,向远处喊着:

"快过河呀!敌人已经逃窜了!"

"敌人已经逃窜了!"

他俩竭尽全力地喊着,可是东北风正从射击孔吹进来,他们的喊声刚一出口,就被顶回来了。任凭他俩把喉咙喊哑,河对岸还是杳无声息。

王大勇和小张喊了好一会儿,看看没有结果,没奈何地坐在碉堡里的碎草上。一歇下来,身上就又感到寒冷了。碉堡里虽然比外边好些，可是寒风还是穿过四面的射击孔，向里边吹。王大勇的衬衣冻得梆梆发响，这样冰凌凌的衣服穿在身上觉得更难受，他就干脆把它脱下来。他从口袋里掏出小油布包，小心地打了开来，摸摸里边的那张入党申请书，虽然有点潮湿，但还是好好的。他又谨慎地把它包起来，装回口袋里。

小张坐在碎草上，浑身直打哆嗦。他抱住膀子，上下身佝偻在一起，不住地吸着冷气，低低地叫着："冷啊！冷啊！"他望了一下王大勇，颤抖着说：

"部队再不过来，我看我俩就要冻死了！"

王大勇身子也被冻得往一块缩，他向小张靠近些，把附近的碎草集拢来，围在小张的身旁，安慰小张说：

"不会的！我们不会冻死的！刚出发时指导员不是向我们讲了么？冷是事实，但是我们要战胜寒风，战胜冰河。你看！冰河多凶猛，但是我们还是战胜了它，渡过来了。寒风，让它吹吧！刚才在外边我们都能顶得住，现在到碉堡里边了，总会好些的！小张同志，我们不会冻死的，咬紧牙，忍着点，我们的队伍很快就会过来的！"

小张说："到现在队伍还不过来，恐怕不会过来了。他们可能会从别的地方渡河，把我们丢在这里了！"

王大勇说："不会的，就是队伍从别的地方过河，天亮以后也会派人来找我们的。天亮就好了！"

"咱们到附近老百姓家避避风吧！"小张乞求着王大勇。

"不！我们必须坚守在这里，等待我们的部队！"

小张沉默了。他的身子哆嗦得更厉害，抖动得他身上的草都在嗦嗦直响。王大勇用手又在四周搜拢碎草，这草大概是蒋匪军打睡

火线入党　★　069

铺用的,他把大部分堆在小张身上,也留一些给自己围着。他一边拢草,一边对小张说:

"我们平时讲话、唱歌,都喊着不怕艰苦困难。什么是艰苦?现在赤着身子在冰冻的天气里完成战斗任务,而且又和部队失去了联络,这就是艰苦!我们现在能够战胜它,就是真正不怕艰苦的战士……"

在他搜拢碎草的时候,摸到两块破布和半截裹腿。他便高兴地来到小张身边,把一尺多长的破裹腿缠在小张的手臂上。整个身子都在冻着,只用一块布条缠上是无济于事的,但对冷到极点的人来说,一块碎布也是非常可贵的。小张用泪湿的眼睛,在暗处望着王大勇。他被王大勇爱抚的行动感动了。小张刚参军不久,从来没有受过这样的苦。可是在王大勇这样的体贴下,他却感到了温暖,眼里的泪水不断地直向下流。

"王大勇同志!你待我太好了!"

"没有什么!"

一想到王大勇的好处,小张突然坚强起来。王大勇只照顾自己,难道他不冷吗?想到这里,小张把刚才王大勇拥到自己身上的过多的碎草,推出一些围在王大勇身上。

他们听着外边呼啸的风声,互相依偎着,等待着天明。

天将拂晓的时候,东西两个方向,响着激烈的枪炮声,显然那里有着战斗。王大勇握紧手中的冲锋枪,向战斗的方向望着。他是怎样急切地盼望回到部队,抱着他的机枪去扫射敌人啊!一想到战斗,他就联想到昨夜的任务。虽然牺牲了许多同志,他和小张也忍受了许多艰苦,但是并没有完成任务啊!想到这里,他心里禁不住一阵难过。

就在这时,碉堡门外,传来一阵轻微的脚步声,接着是咕咚咕咚的声音,像是有人在摆弄什么东西;后来,又是一声石块碰着金属的声响。

"谁?"王大勇和小张把冲锋枪对着门外,喊了一声。

"我!我!"一个老大娘慌张地回答,"老总!你们不是移防了吗?我是来取锅的呀!自从你们把这口铁锅借来以后,俺家就没吃过一口热饭,俺就这一口铁锅啊!"

老大娘一边诉说着理由,一边走到碉堡的门边。老人往门里一看,见到两个赤条条的人影时,就"啊哟"地惊叫了一声,向后边倒退了几步。

"老大娘不要怕!我们是人民解放军。"王大勇把冲锋枪收回去,温和地说。

一听说是人民解放军,老大娘就急急向前走来。她是知道人民解放军的,他们纪律严明,待人亲热。当她走近跟前时,善良的老人的眼泪就"滴答滴答"地流了下来。这样冷的天气,两个年轻人光着身子,只穿一条短裤,蹲在这里,浑身冻得发青发紫。老人看到这光景,能不心疼吗?

"苦孩子,赶紧起来,到家里去暖暖吧!我给你们烧碗热汤喝!"

"庄里有蒋匪军吗?"王大勇问。

"没有!"老人说,"他们昨夜都跑了,刚才有你们的部队进庄了。快走吧!"

王大勇提着冲锋枪,披着衬衣,和小张来到了老大娘的家里。老人收拾好一个大床铺,安置他俩躺下,用两条大厚被子把他俩蒙起来。王大勇的身上像在冒火,浑身骨节都在发疼,疼得他不住口地呻吟。一会儿,老大娘给他们端来了热汤,他和小张喝了,在被子里出了一身汗,身子稍为好些。不久,他们就呼噜呼噜地睡着了。

他们一觉醒来,已经是下午了。王大勇拨开被头从床上坐起来,他的头还有些昏沉、疼痛。他一睁眼,看到老大娘和一个军队干部坐在床边,旁边还放了两套崭新的棉军衣。

这个干部是团部供给处的管理员。团供给处在天刚亮时转移到这个村庄。老大娘找到他,告诉了他王大勇和小张的情况,管理员就带了两套棉军衣来看他们了。

看到自己的部队,王大勇一阵高兴。他马上推醒了小张,下床穿上了新棉军装。

王大勇把自己的情况告诉了管理员,并向他打听自己连队现在什么地方。

"现在敌人的一个师被我们包围在曹八集。你们连队就在那边,正和那里的兄弟部队一道,对敌人进行围歼战!"

一听到自己连队有了下落,王大勇恨不得插上翅膀,一下飞回连队才痛快。虽然他的身上,尤其是头还热辣辣的有点发痛,但是他顾不得这些了。小张也有同样的心情。他俩就着手整理武器,准备马上动身去找连队。

管理员拦住他俩说:"这哪能行!你们的身体得再休养一下呀!到供给处休息两天,再归队吧。不要急,身体养好了,打仗更有劲!"

老大娘也在旁边劝说:"孩子!这样会把身体折腾坏的呀!在这儿歇两天再走吧!"

"谢谢你们！"王大勇感激地望着管理员和老大娘，"战斗正在进行，部队很需要我们，我们一定要早些归队。"

管理员看看拦不住，就说："那也得吃点东西再走啊！"他匆匆地跑到伙房，去拿了几个大馒头，用纸包了两段咸鱼。王大勇和小张拿了，谢过管理员和老大娘，一边吃着，就去找自己的连队了。

当天傍晚，王大勇和小张在曹八集附近找到了自己的连队。

曹八集外围，驻满了部队，蒋匪军的一个师在这个小镇上，被我大军团团包围了。被困的敌人凭着镇四周的围墙，和围墙外边宽不可涉的水沟，进行抵抗，等待增援。可是他们后面的兵团本部几个军，在东边碾庄一带也陷入我军包围之中，那边围歼战打得正紧，哪里还有工夫来增援他们呢？

敌我双方隔着水沟在互相射击着，镇内外常有熊熊的火光升起。

这只是小小的火力接触，今夜我军将发动总攻，要一举歼灭敌人。王大勇和小张所在的连队，是一营一连；一营今晚从北门向敌进攻。一连是主攻连。他们连的任务，就是要沿着一条小桥，冲上北门，打开突破口，掩护全营向镇内冲击。

当王大勇和小张到达连部的时候，指导员已向全连做好了战斗动员，一看到他俩，惊喜得要跳起来，上前紧紧地握住了他俩的手。

"你们回来了呀！我们都以为你们牺牲了！"

王大勇把昨晚的情况，向指导员汇报了一下。指导员听过以后，一方面为失去五个战士感到悲痛，同时也为他俩通过那么艰苦的考验感到高兴。他勉励他们道：

"你们是顽强的战士！"

听到指导员的鼓励，王大勇心里感到一阵不安。他向指导员说：

"我们没有完成任务！"

指导员摇了摇头说："不能这样来估计这次行动。我们没有在那里搭桥过河，是接到营的命令，转移了渡口，这怪不得你们。有你们那种战胜冰河和严寒的顽强决心和行动，就是敌人不跑，你们也一定会把他们消灭的！应该这样来认识这个问题！"

指导员和他俩又谈了一阵话，就叫他们回班里和同志们谈谈，因为战士们也都很挂念他们。王大勇和小张临走时，指导员又对他们说：

"和班里同志谈了以后，早些回来。"

"有任务吗？"王大勇欣喜地望着指导员的脸。

"不！"指导员果决地回答，"你们需要休养，连部准备派个通讯员，把你们送到后边去。"

王大勇一听要送他到后边休养，感到十分不高兴。他又走到指导员跟前，要求着：

"指导员，我的身体很好，不需要休养。现在战斗就要开始了，同志们往前冲，我怎么能往后边去呢？还是把我留下来参加战斗吧！我保证完成任务。"

小张也说不愿到后边休养，要求参加战斗。正说话间，机枪班班长赵力强到连部来送全班的决心书。一见王大勇和小张回来了，马上跑上来把他俩抱住了。

"你们回来了，这太好了。这次完成战斗任务，俺们班的决心更大了……"

赵力强还没说完，指导员就打断了他的话，对赵力强说：

"别光顾高兴，你没看看他们的脸色呀！他们昨夜泡在冰河里，光着身子在碉堡里冻了一夜，身体冻坏了，连部准备派人送他们到后边休养。"

赵力强一听，便连连点头说："我不了解情况。"接着就转变了口气，对王大勇和小张说："指导员说得很对！至于咱班的这次战斗任务，我们保证完成。你们安心休养就是！"

王大勇还想向指导员要求，指导员对他说："你先到班里去和同志们见见面，回头再谈吧！以后你参加战斗的机会多的是。可是要先把身体养好！"

他俩和班长回到班里。机枪班就驻在靠北门小桥附近的一个房子里。后院墙上，都挖了射击孔，机枪都架在那里。射手们都趴在机枪旁边，弹药手都在整理和检查子弹。院墙外边不远处就是水壕。子弹不住地在水壕上叫啸。

班里的战士看到王大勇和小张回来了，都很高兴，一个个都过来和他俩紧紧地握手，低低地问候几句，就又回到机枪旁边去。因为这里接近敌人的阵地前沿，不能像平时那样随便。这里到处都充满着战斗气氛。这熟悉的气氛，现在又感染着王大勇。他俯下身去，用手摸着自己使惯的那挺轻机枪，过去每次战斗，他都是端着它嗒嗒地扫射敌人。现在马上就要战斗了，他怎么能离开它，到后方去休养呢？

王大勇把赵力强拉到旁边，很坚决地说：

"班长！我不到后方去！"

赵力强说："这是指导员的命令，你是应该服从的！而且你的身体也很需要休养……"

"我不需要休养！"没等班长说完，王大勇就直截了当地回答了。可是一想到军人要服从命令，他就又用恳求的声调对班长说："你去跟指导员再谈谈，替我要求一下吧！"

小张也说："班长！你再替我们去要求要求吧！"

王大勇为了证明自己的身体并不坏，便弯下身去，抓起自己那挺机枪，端在胸前做了个立射的姿势，并且雄赳赳地在屋里走了一圈。他把机枪放回原处，笑着对赵力强说：

"你看！班长，我能够战斗吧！"

赵力强看他俩要求参战的决心很大，考虑了一下，便说："好！我去和指导员再商量商量看！"

赵力强刚转过身去，走了几步，突然记起昨晚在行军路上，他和指导员曾经谈起过王大勇入党的问题。他就又走回来，对王大勇说：

"你写的入党申请书还在吗？"

"还在!"王大勇从口袋里掏出了那个小油布包,很严肃地对赵力强说,"这怎么也不能丢呀!"

"好!你交给我吧!指导员为这事,几乎要批评我了,我去时就交给指导员!"

王大勇郑重地打开包得方方正正的小油布包,把那张申请书交给班长:

"班长!你千万替我请求留下啊!我来不及写参加战斗的决心书了,这申请书上也有这个意思!"

赵力强和指导员谈了很久,最后指导员总算答应了。赵力强走后,指导员看着王大勇的入党申请书:

支部委员会同志们:
  我要求参加共产党,并愿为党的事业而终生奋斗。在这次战斗中,党与上级无论给我什么任务,我都坚决完成。……请你们多多帮助我,使我很快地进步……

字迹写得歪歪扭扭,但是却流露出王大勇对党的赤诚的心。信的一角印上了云影样的浅黄色的痕迹,显然这是他和冰河搏斗时被水浸湿过的。指导员一想到王大勇渡河完成任务时的顽强姿态,就压不住内心的激动。

指导员马上召开了支委会,讨论了王大勇的入党问题。支委会决定马上交给各党小组讨论,并当场给王大勇写了一封回信:

  你要求参加党的热烈愿望及英勇顽强的战斗精神,都是热爱党的具体表现，这是值得欢迎的。我们愿意积极帮助你，并希望你在战斗中能像一个党员一样要求自己……

王大勇怀着激动的心情读了指导员的信，并为能参加眼前的战斗，高兴得跳起来。他身上的疼痛早被他甩开了，他提起自己那挺心爱的机枪，对他的伙伴小张说：

"来！检查弹药！准备战斗！"

天黑以后，对敌人的总攻开始了。

整个曹八集，都在炮火中震荡着。被燃烧弹打中的房屋在熊熊燃烧，映得水壕一片通红。子弹和弹片在低空里"吱吱""嗡嗡"地飞叫。

王大勇的机枪，支在桥左侧的一个屋角上。他的肩头微微震动着，机枪不住地向着围墙上的敌人吼叫。敌人企图用密集的火力封锁住小桥，王大勇的机枪，紧紧压住了敌人的火力，掩护战士们沿着小桥冲上去。

坚守围墙的敌人，只要一探出身来，王大勇的机枪就扫过去，把敌人打倒。敌人的机枪刚从射击孔里吐出火舌，没响几声，王大勇一转枪口，就把它打哑了。他的机枪一刻也没有停。小张伏在他的身边，替他压子弹。

轰隆一声，北门左侧的围墙被冲过桥去的战士用炸药炸开了一个缺口，战士们喊叫着冲进了围子。敌人集中兵力与炮火，拼命想堵住这个突破口。就在这突破口上，敌我展开了反复的争夺战。战士们和敌人混战成一团，进行着肉搏。终于用刺刀把敌人的反扑打退，保住了突破口。

这时，赵力强马上命令王大勇，冲过桥去，把机枪架上北门，掩护部队向纵深发展。

王大勇抓起机枪，对小张说："前进！"就往小桥冲去。机枪筒快打红了，灼痛了他的手。他已顾不到这些，平端着机枪，一边前进，一边扫射着奔上桥头。小张背着子弹箱在后边紧跟着。

子弹和弹片在他们头上、身边乱飞，战火映红了他们激怒的面孔。他俩沿着狭窄的小桥，往前飞奔。刚走到桥中间，王大勇腰上像被谁猛力推了一把，他的身子踉跄了一下，眼看就要跌下桥去。小张上前用双手架住了王大勇。王大勇用手往肋下一摸，血正从撕破的棉衣下边汩汩地往外流，一块弹片斜插在他的肋骨间。他咬紧牙关，用手抓住弹片，猛力往外一拔，弹片带着他的血肉被拔出来了。他愤愤地掷下桥去，挣脱了小张的搀扶，端着机枪，直奔上了北门。

当他把机枪架上北门旁边的一个缺口时，通往北门的街上，敌人正蜂拥地向突破口冲来，进行反扑。王大勇的机枪哒哒哒地扫向敌群，敌人纷纷倒下，没倒下的就往回逃窜了。西边的敌人，顺着围墙反扑过来，王大勇就又掉转机枪口，向迫近的敌人猛烈射击。

王大勇的伤口不住地往外出血，痛得他头上的汗直往下流，可是他的机枪，还在不住地响。因为打退了一路敌人的反扑，另一路敌人又反扑上来，他的机枪绝不能停下。

"王大勇同志！你负伤了？来，我替你打一阵！"

小张看着王大勇的伤口直流血，想替他打机枪。他喊着王大勇，但是王大勇还是在射击着，并不理会他。小张只得俯下身去，用急救包将王大勇的伤口包扎起来。

王大勇这挺机枪，架在北门右侧，首先封锁住了正面的街道，并堵住了敌人从西围墙通往北门的反扑道路。一挺机枪威胁着西、南两个方向的敌人，掩护了部队源源不断地冲过小桥，向纵深发展，迅速地占领了北门里街东边一带的房屋。

敌人又组织了大规模的反扑，更大的炮火和兵力向北门压过来。这次敌人反扑的特点，是集中了所有的火力向北门附近轰击。北门四周纷纷落着炮弹和手榴弹。王大勇和小张被淹没在炮火的烟雾里，感到围墙和地面都在震动。这时他们营的主攻部队，都已冲进了突破口，第二梯队还未上来。突然一颗炮弹，在王大勇身后爆炸，他就应声倒下了，后背和腿部又负了重伤。他想要再爬起来，可是一抬身子，就又跌倒在地上了。

小张跑上来抓住了机枪，看到王大勇满身是血，眼里流出泪水。他俯下身来喊着王大勇："怎么样？"

"不要紧！敌人要冲过来了，快去打机枪！"王大勇说。

小张正要抬身，一颗燃烧弹又在王大勇身旁爆炸，熊熊的烈火马上要烧着王大勇了。他冒着烈火把王大勇背进一间房屋。

北门两侧和正面的敌人，拼全力向着这里猛扑，又封锁住了被我军打开的突破口。这时我军突进北门，占领这一带房屋的一个营，完全陷入敌人的包围中了。

一营的指战员据守在已占领的房屋里，抗击着敌人一个师的机动兵力，在等待兄弟部队冲进来。他们虽然被重重包围了，但是他们是插进敌人心脏的一把尖刀，在最致命的地方，打击和消耗着敌人。敌人为了很快地拔去这把尖刀，去掉心腹之患，便组织了所有能够机动的兵力，拼命向这几座房屋进攻。一营的勇士们顽强地坚守着阵地，抗击着从四面八方反扑过来的敌人。

敌人的手榴弹、炮弹像雨点样泼过来，所有的房子都闪烁着炮火的光亮，弥漫着浓密的烟雾，弹片呼啸，尘土飞扬。有的房屋着火了，有的屋角倒塌了，伤员也渐渐增多了，但是，勇士们凭着门窗、屋角，依然射击着反扑的敌人，把敌人一次又一次地击溃下去。每一次反扑，敌人都在房子的四周留下了成堆的尸体。

小张把王大勇背到一所房子里，把王大勇放在地上。这时王大勇已昏迷过去了。小张叫着王大勇的名字，王大勇却一声不响地躺在那里。小张想：王大勇在冰河里怎样救了他，在碉堡里挨冻时又怎样体贴他，是一个多好的同志啊！他现在不说话了，也许不久就要死去了。小张心里说不出的难过，他伏在王大勇的身上，呜呜地哭起来。

指导员走过来，一把把小张拉起，严肃地对小张说：
"你不应该光哭！应该为王大勇同志报仇！"

指导员的话，使小张从沉重的悲痛里醒悟过来。是呀！他应该去替王大勇报仇！他想到自己刚才那种举动，是多么愚蠢呀！他忽地从地上爬起来，擦去了眼上的泪水，提起了刚才王大勇使过的机枪，跑向一个窗口，把机枪架在窗台上，向着冲过来的敌人，愤怒地扫射着。

躺在地上的王大勇慢慢地苏醒过来。

当他恢复知觉的时候，他就感觉到战斗情况的严重。地面被炮弹震得不住地抖动，房屋被炮火打得已是歪歪斜斜，百孔千疮了。一个屋角在燃烧着，屋里充塞着烟雾和尘土。他看到越来越少的指

战员们，倚着门、窗、屋角，在顽强地抗击着敌人。敌人虽然疯狂，但始终没能跨进房屋一步，一次次地都被打回去了。

营长、连长和其他的指挥员，一方面指挥着部队，一方面也拿着武器，和战士一起来进行战斗了。

营长头都受了伤，他一边打着枪，一边用嘶哑的喉咙向战士们喊：

"同志们！我们的兄弟部队就要打进来了。我们要坚决地打呀！没有弹药，我们用刺刀，用土块，也要把敌人打回去……"

王大勇感到在这样危急的情况下，多么需要自己站起来去战斗啊！虽然由于流血过多，全身没有一丝力气，身子一动，全身的伤口都在疼痛，可是他还是想爬起来。他用两臂支撑着，刚把上身抬起来，就又跌倒了。伤口疼得他咬着牙，汗水从额上直往下流。爬起，跌下，又爬起……反复好多次，他还是要起来。他要去战斗！

当他意识到自己真的爬不起来的时候，他急得流下了眼泪。这时指导员提着步枪，正从一个屋角走来。王大勇一把抓住指导员的衣服，低低地喊着：

"指导员……"

指导员一低头，看到是王大勇，见他眼里噙着泪水，急忙蹲下身来，用手抚摸着他："王大勇同志！怎么样？伤口很疼吗？"

王大勇摇了摇头，紧握着指导员的手说："我难过的是，我没能很好地完成任务！"

"不！"指导员郑重地说，"你完成了党交给你的任务，而且完成得很好！"

指导员提到党、提到任务，王大勇不由得就想到他递给支委会的申请书。一想到自己在申请书上写的字句，他就想爬起来参加战斗。可是他已经站不起来了，这使他更加难过。这种复杂的心情，现在又不可能全部向指导员谈出来，因此，他有气无力地说：

"指导员！我……申请书……上写的……但……"

王大勇的话是断断续续的，有时听不大清楚。但是指导员明白他的意思。他听到王大勇谈到申请书，一个问题马上在脑子里闪动。就是一个革命战士，当他生命最危险的时候，他最容易想到鼓舞他终生战斗的党，想到他的永不会熄灭的政治生命。王大勇在战斗中之所以这样英勇顽强，就是因为在他的眼前经常有一颗红星在闪耀，一种热爱党的崇高的愿望，在他心中燃烧，使他有着无穷无尽的力量，永不疲惫地战斗下去。现在他虽然倒下了，但他还要爬起来战斗，并且为不能再参加战斗而感到难过。对于这样的战士，指导员感到自己有责任，使他看到他的崇高愿望的实现。想到这里，指导员对王大勇说：

"你先在这里休息，我马上就回来！"

说罢，就匆匆地奔向一个窗口。赵力强正守在这里，用机枪向外扫射。敌人的反扑，又被我们狠狠地打回去了，情况暂时缓和了下来。指导员对赵力强说：

"王大勇的入党问题，你们小组都讨论过了？"

"讨论过了,都同意他入党!各组也都同意!"

赵力强是机枪班的党小组长,也是支部委员。指导员从窗口观察了敌人的动静,果断地对赵力强说:

"看样子,敌人被我们打趴了,一时喘不过气来。趁这个空隙,你马上去把支委召集起来,我们立即讨论王大勇的入党问题。你把机枪给我,我来替你监视敌人!"

几分钟内,赵力强找来了仅有的三个支部委员(其他的已经牺牲了)。他们蹲在一边,握着刚歇下来的还滚热的枪,抚摸着身上的血迹和被弹片撕出了棉絮的棉衣,被炮火熏黑了的脸上,浮上严肃、慎重和负责的神情,简短地交换了意见,做了表决。

指导员很快地跑到另一个房子里,找到了营教导员,把支委会的决议交给了他,营委会立刻批准了支委会的决议。

回来以后,敌人的反扑又开始了,指导员便在这充满烟火、爆炸、厮杀的极度紧张的气氛里,以极庄严的响亮的音调,向正在顽强地抗击着敌人无数次反扑的全体指战员宣布:

"同志们!王大勇同志……现经支部通过,上级党委批准,成为一名光荣的共产党员!"

这是一个宣布,也是一个号召,犹如一股新的力量,增强了每个指战员的战斗意志。弹药要打完了,大家都准备好石块和枪托,来和敌人搏斗。伤员们听到这个声音,呻吟声也没有了。

小张高兴地跑来向王大勇握手祝贺,他兴奋地说:"王大勇同志!你入党了,我要向你学习!"

王大勇躺在地上,谦和地说:"我还很不够!"

一颗榴弹落在他的身边爆炸,掀起了一阵尘土和砖石,但并没有掠去王大勇脸上的笑容。

奋战在敌人心脏里的勇士们,一直坚持到第二天上午,整整和敌人血战了十个钟头。突然,突破口的枪炮声大作,传来了暴风雨般的冲杀声。营长挥着手中的匣枪,向战士们高喊着:

"同志们!我们的兄弟部队已经冲进来了,上好刺刀,跟着我冲啊!"

战士们在喊杀声中冲出去了。在很短的时间里,我们的部队就解放了曹八集,歼灭了据守在那里的敌人。

王大勇被担架兵从屋里抬出来。未上担架前,医生对他进行了紧急治疗。当他将要被送进医院去的时候,他又回望着这一带被敌人的炮火打得千疮百孔的房屋,端详着房屋周围成堆的敌人的尸体,不禁想到昨天夜里,他们在敌人炮火集中点上进行的英勇抗击,仿佛他又置身于那场激烈的搏斗之中。当时,透过炽烈的爆炸声和厮杀声,他听到了指导员那庄严而响亮的宣布。这是他入党的地方,他永远不会忘记。

指导员来到王大勇的担架旁边,递过来一个折叠好的纸头说:

"王大勇同志:这是你的党员介绍信,你可以交给医院的党组织,在那边过党的生活。希望你在医院里好好休养,早日恢复健康!"

王大勇微笑地望着指导员,激动得说不出话来。他接过介绍信,又掏出那块小油布,小心地把它包好,装在口袋里。

这时小张赶来了。他看到王大勇要进医院了,就向指导员要求道:

"指导员!我送他到医院去吧?"

"好吧！"

指导员知道他们之间的友情，毫不犹豫地答应了。

小张愉快地护送着担架，很快地向后方走去。

1955年国庆节改作

铁道队

飞机过后的当天夜里,鬼子进了枣庄。第二天天一亮,枣庄车站票房上飘起了太阳旗。虽然没有队伍的抵抗,可是鬼子却还是在站台上架起机枪和炮,向四下打着。穿黄呢子军衣的鬼子拿着洋刀,骑着大洋马,在没人的冷清的枣庄街上来回奔跑,遇见人就杀,近处用刀砍,远处用枪打,大显"皇军"的威风,来镇压失去抵抗能力的中国老百姓。

三天的屠杀过后,鬼子的大队向南开了。留守枣庄的鬼子改变了面孔,四下派出"宣抚班",见大人给日本烟抽,见小孩给东洋糖吃,宣传"皇军"的好处,要老百姓都回来,只要欢迎"皇军","皇军"是不杀的。

经过宣传,有钱的大肚子士绅都出来欢迎鬼子了。不久,还成立了什么维持会,他们满想着孝敬鬼子,求得自己的"安全"与好处,来替鬼子维持秩序。有了维持会,鬼子就更可以横行霸道:当着大街上的行人强奸妇女,一喝酒就要打人、杀人、烧房子。一遇到中国人的反抗,鬼子就要维持会去抓捕,来维持"皇军"的安全。人人都骂维持会是真正的没良心的汉奸。

自从鬼子占了枣庄站,好多过去靠铁道混饭吃的人都没法生活了。鬼子既然占了铁道,就要用这个铁道运煤、运兵,好更快地追击中央军,好占更多的地方。鬼子要修复铁路通车,派汉奸四下找过去未撤走的员工。有好多员工被汉奸用枪逼着回来上工,或者为生活所迫,不得不干。

一天,过去在铁路上一块干活的老朋友来约徐广田说:"广田,没办法啦,还是干了吧。中央军退得远远的了,不要咱这一方人了。"

徐广田说:"你们干你们的,老子至死不干汉奸,不给祖宗落个骂名。"后来,又有许多人来劝他,都被他骂回去了。

半年后,临枣铁路通车了,有些员工被逼着上工了。可是有好多年轻的工人,宁愿饿着肚子也不给鬼子干事。

一次,徐广田正和洪振海喝酒,谈起了搞兵车的事,洪振海说:"坚决不给鬼子干。"最后,他俩商量了今后怎么干法。洪振海说:"广田,你说咱怎么生存下去?"广田说:"我想当兵去,给鬼子拼!"洪振海说:"当兵我也愿意呀!可是现在哪有队伍呀!"广田说:"那你说怎么办吧?"

洪振海把桌子一拍,叫道:"这还不是现成的吗?现在鬼子又通车了,还是吃两条线呗!"

徐广田追问:"怎么吃法?"

洪振海瞪着眼睛说:"鬼子来往运大米、洋面、煤炭等货物,咱可以弄它一点嘛!"

徐广田说:"还是干咱的老一行,是不是?"

洪振海哈哈大笑道:"对啦!同时还得多搞些鬼子和汉奸的

情报。"

徐广田说："说这么干！可是得多邀约几个人，汉奸倒不要紧，鬼子倒要提防点，免得吃亏！同时，我们也得有个规矩，有个领头的。"

洪振海说："前两天就有人提起这事，他们说只要你洪振海一领头，咱们就干。他们还要我把刀子磨快点。"

徐广田说："我得拜个师傅去，叫他教教我打匣子枪，练好了枪法也买一支，遇事也好干它一气。"

从这天起，洪振海和徐广田就四下活动，一邀约就有一二十人。他们有王志胜、赵连有、李荣兰、王志增、曹德清、曹德全……他们过去大多是在铁路上打旗、扳闸、开车和烧火的铁路工人。这些人都很年轻，对车上的每一个部件都很熟悉，无论火车跑得多快，都上下自如。过去他们靠着铁路混饭吃，现在鬼子占了铁路，饭碗被打破了，为了活下去，他们还要靠铁路吃饭。但是他们不是给鬼子办事，而是从敌人掠夺我们的一列车一列车的货物上去求自己的生路。

每当那满天星斗的夜晚，或风雨交加的黄昏，载货的列车像条火龙似的在飞跑着。洪振海这群有火性的年轻人，像燕子似的在列车上飞来飞去，把成捆成包的货物从列车上推下来。第二天到窑上去卖，而后买了肉、打了酒，大吃大喝。有时他们上车后被汉奸、鬼子发觉后，会用短刀或车上的炭块和敌人搏斗。在这样的场合下，洪振海、徐广田最英雄。他们有时把那最坏的汉奸抛到列车下，跌成肉饼，轧成几段。所以，以后押车的汉奸每听到是洪振海、徐广田领头的那一班子，瞪着眼看着他们抛货物，也不敢动，吓得直打哆嗦。

徐广田每逢搞货车分了钱，便请师傅去喝酒，喝过酒，就叫他教自己打匣子枪。可是师傅已把二把匣子有准星的标尺都砸掉了，因为他用不着标尺，把匣枪一举，指哪打哪。可徐广田就不行了，他剪一块红纸贴在墙上，离开十步二十步练习。师傅教他怎样用手劲，怎么瞄准，徐广田也就渐渐地熟练了。一天，洪振海来找徐广田说："咱们也拉队伍起来干，免得受闲气。"

徐广田说："这个不容易，拉起来谁领头？这事又不是爬车，抓住就上去，这是拉队伍。同时，枪呢？到哪里去弄枪呢？"

洪振海说："枪好办，听王志胜说，现在车站货房里存了许多枪，都是上次鬼子追击中央军退却队伍得的，我们还弄不出来吗？"徐广田说："好，能够解决了枪，那再好也没有了。"

第二天，洪振海找到了王志胜，了解了货房情况，回来见了徐广田。洪振海说："今天我去找王志胜，他说枪是现成的，货房里有好几十捆,而且还随我们挑。"

徐广田说:"那么我们成立个什么名义的队伍呀,要去哪里领委呢?"

洪振海道:"就算个独立抗日铁道队吧,咱自己当家。"徐广田说:"这可了不得,没有个名义,那么鬼子、汉奸、中央军都来打我们,说我们是土匪,没人接济,老百姓也不认账,是站不住脚的。"

洪振海说:"以我的意思是把人拉起来再说。"

徐广田说:"好,就这么办。"两个青年人便分头去邀约人。

白天,洪振海先找到王志胜。王志胜这个人粗中有细,也是中兴煤矿的工友,很好朋友。他与洪振海一起由山里八路军秘密派回来的。为了职业掩护,他到鬼子洋行找了个事干。他与徐广田感情也很好。洪和王商量好了,又去约了另外的人。徐广田到车站上围着货房转了两圈。货房的门紧锁着,门对着站台,站台上有两个鬼子在放哨,扛着上有刺刀的枪,来往巡视着。货房的后边有个窗户,货房的南边扯有铁丝网。从站台要到货房后边去,必须很困难地跳过铁丝网,要绕很多的路才能走到那窗下。徐广田看了个明白,就回家了。当天夜里,枣庄车站的电灯很亮,站台上的鬼子哨兵并没有打盹儿。这时候也没有火车进出站。一切都很沉静,就在货房后边的黑影里,有几条人影在跳动。

洪振海轻手轻脚,纵身跳上货房的后窗,用短刀撬开活动的窗子。徐广田接着就跳了进去,抱起一捆捆的枪,从窗口递出来,接着人们就背起枪,顺着墙根的黑影走了。

车站上的电灯还是那么亮,站台上的哨兵还是在那里放哨。这时候,徐广田从房子里跳出来,洪振海再把窗子弄好,悄悄地走了。

当天深夜，他们在离车站很远的一个小屋里开了个会。徐广田在验着枪，他们还要挑一下好的。在铁路上只对机器熟悉，他却不认得枪，徐广田只从弹槽上去辨认，如是突出的，是押五点火，一定是好枪。那些平平的弹槽，一定是单打一，放在一处不要，把它再包扎好。一共挑了十几支。余下的认为是不管用的，暂时埋起来了。

车站货房丢枪以后，鬼子的哨兵对来往车站的人严格盘查。临到天一黑，就不许闲人通行，看见中国人就打枪。可是，这时候这些偷枪的人已武装成为一支队伍了。

洪振海、徐广田和王志胜一行九人跑到枣庄，又表面上恢复了他们过去的生涯，常结着群上车偷炭、偷货，换些钱作为活动经费。有时也喝酒、赌钱。这些，他们也是给鬼子、汉奸看的，不然，在敌人的眼皮底下怎能生存呢。实际上，洪振海等人趁敌人不注意的时候，搞了大量的情报，通过关系送往山里。

洪振海这个人性情很暴躁，好骂人，但是每到骂过后，就拉着对方的手，抱着酒瓶就喝起来，把刚才的事忘得干干净净，成了更亲密的朋友。虽然他骂人骂得最凶，可是穷朋友们却很喜欢他，因为他过去那一阵，就什么也没有了。他抗日时有勇有谋，遇有险事总是一马当先。所以他在这八九个人中是一个小头目，遇事都是他领头，火车上的车警也最怕他。

一天，洪振海对大家说："咱们这样不行，小鸟也得留着过冬的食呀，咱们得想办法留点后路啊。"大家商量的结果，以后偷的东西，分一半，留一半存起来，以备日后解决困难。大家都同意，就这么办了。

徐广田和洪振海一样够朋友，没事便去请师傅练枪法，所以他的枪法在这伙人中最棒，几十步远不用瞄，一打一个准。一天晚上，王志胜来到徐广田住处说："广田，到×庄喝杯酒吧？"

徐广田说："你忘啦，咱们要回×街去，洪振海今晚在那里等我们哩，听说北边八路军过来了，有要紧的事跟我们商量。"说着，两人便立即奔向洪振海住处去了。

韩邦礼苦学记

往日里,穷人读书、识字真不易。

韩邦礼却是个硬骨头,为了要翻身,没进一天学屋门,现在他能读报纸,看书明白道理;钢笔在他手里也很管用,能够在纸上"哗哗"地写出他所想写的东西;在庄上工作也很好,并且他还帮助别人识字。

莒南县的模范代表大会,奖他为"一等学习模范"。

"为什么……"

韩邦礼家住虎园,庄子在深山窝里,这里不缺少打虎的壮士,却缺少读书识字的人。

识字的人也有,都是富家子弟,大多数穷孩子都捞不着上学,不说学费书钱,就是工夫也耽搁不起。

所以,识字的在虎园非常的珍贵。

穷人家有点啥事请识字人办办,得先打酒买肉,有的还得杀只小鸡,吃过饭再用茶叶水冲着,就这样识字的人还"哼呀咳"的不耐烦。这庄读书人是得罪不起的,他们都是有钱人家出身。自古有财就有势,但是他们究竟是少数,大多数的穷人合起心抱得紧紧的,把那些压迫人的人制服是有足够力量的。可是富家有了读书人就不好办了,读书人可以做官,做官可以发财,财势相连,有钱人勾通官府就能要穷人的命,你再冤枉,读书人写去一封信,就再没有穷人说的话,与其说这里的穷人尊敬读书人,倒不如说是怕读书人。

穷苦的韩邦礼想要识字,并不是为了酒肉茶叶水,也不是为了吓唬人,而是为了不让有钱人用识的字去折磨人。因为他受够了不识字的折磨,就说说下面这几件伤心事吧:

那是在他十几岁的时候——

韩邦礼家里七八口人,只有六七亩薄地,一年缺半年吃的,父亲又病倒了,家里像塌了一座泰山。家穷请看病先生也请不来,好容易请到家,一贴膏药就要十五块,一亩薄地只卖三十块钱,卖了二亩地只够买四贴膏药。

"祸不单行",又遇上一个歉年,五谷不收,他二兄弟被逼着去要了饭。除了他三弟,全家都饿出了症。因为他三弟年纪小,饿了就哭,哭得大人心酸,就忍着肚子,自己吃树叶树皮,把可吃的东西给小弟吃。十三岁的韩邦礼,每天帮着妈妈干活,上山拾柴,下山挖菜,顶个大人使唤,连饿带累,得了痨症,年轻轻的身体被苦难的生活折磨坏了,喉头常有痰在咕噜着,呼吸都很艰难。从此个子也不长了,像担着千斤担子似的驼着背,微抖的肩膀上常搭着一条破布,擦着好出汗的额角和脖子,也擦着伤心的泪水。

因为父亲病着等药吃,家里没粮要吃饭,就托人借了百十元钱,立着文书,三分行息;利滚利,年年还,年年还不完,把南庄二亩地折给人家还不够。后来求人说和打了酒,割了肉,把财主、中人请来,哀告减去一分利。谁知喝过了吃过了,财主把嘴一抹,又不认账了,还得照数还,又告到官府。每当过年过节的时候,病人穿着单衣躺在床上,孩子哭着要吃饭,要账先生像催命鬼一样,一天四趟跑上门。韩邦礼从父亲的枕头下边抽出了借钱文书——这是用酒肉和茶叶水请人写的。韩邦礼用淌着泪水的眼睛,狠狠地盯着那纸上黑黑的字行;他不认得字,但是这穷困的孩子要从上边看出一个道理:

"为什么借了一百元,还了二百元还来要账?"

土地打不出粮食,官家却一次次来催要钱粮税捐,换来的只是一张张印就的红绿纸单收据。过年的时候,在病人的呻吟声里,在孩子的哭叫声里,妈妈东凑西借,弄来了一升麦子准备过年,谁想在大年三十那一天,庄长像凶神一样地跑来,把那升麦子抢去了。韩邦礼用颤抖的手拿着那张盖着官印的钱粮收据,用流着泪的眼睛,狠狠地盯着上边的字行。他还是不认字,但是这穷苦孩子要从上边看出个道理:

"为什么穷人饿着肚子,还得拿钱粮?"

还有一件最伤心的事情:

那一年,他和妈妈辛辛苦苦种了二亩果子,打成油好还账,剩下点果子饼除留些吃外,韩邦礼挑着到集上去,想卖了换二升糁子吃。买卖倒很顺当,可是却没有卖到一块正经钱,都是些地主堂号出的乡票,穷孩子又不敢说不要。这个拿出两张说是"两吊",拿着两吊钱的果子饼走了;那个拿出四张说是"八吊",拿着八吊钱的果子饼走了。果子饼卖完了,韩邦礼两手是一把红绿色的破乡票。他拿着去买别的东西,人家说这张是假的,那张作了废,能用的也得打八

折,他急得哭了起来。韩邦礼用眼泪盯着这骗人的破乡票,他虽不认识那上边的字,脑子里却琢磨着这样的问题:

"为什么大肚子把纸上印上字,就能买走穷人用心血换来的东西?"

这几次在纸上看到的字,给韩邦礼脑子里挽了好多疙瘩,他要解开它。他要识字,回到家里见了妈妈第一句他就说:

"妈妈,我要上学"。听着孩子的话,妈妈笑了,拍着他的肩膀说:"孩子!别说胡话吧!上学是好,可是你没生到那上学的地方啊!"

韩邦礼没有听懂妈妈的话,心里却在说:"我不是说胡话,我一定要识字。"

后来妈妈告诉他:"今晚要替你大大打更呀!白天大户人家催了好几遍了,不去得认罚。"

晚上,韩邦礼穿着短薄的破棉袄,抱着膀子到更屋里去守围子,北风呼啸,但是他心里在想着怎样识字,一进更屋门,就被一顿粗暴的声音咋呼出来!

"回去!叫你大人来!"

"俺大人病了好多日子啦!不能起床。"

"不行!病也得来!"

天下着小雪,病着的父亲,穿着单裤拄着拐杖去守围子,去得晚了,被领班的痛打一顿。他一脚把病弱的父亲踢在雪地上,指着墙上的布告说:"你没瞪大眼珠子看看,这是上边的公事,最近贼匪很乱,人人都得站岗,你偏捣蛋!"

父亲趴在地上低低地说:"我不知道,我又不认字!"

"你瞎了眼啦……"对方还在骂着。

韩邦礼在旁边哭着,向墙上的白纸望了一下,上边是漆黑一片。他哭着回家了,一路上他咬着牙说:"一定要识字!"他要和这些压迫人的老虎算账。

从一个到十六个

从此,每当晌午头上,韩邦礼便常到庄北头的学屋外边走走,在学生琅琅的读书声里,他悄悄地蹲在墙角边,眼巴巴朝里望着。老师在屋里教一个字,韩邦礼也在外边低低念一个字。他把一句书读得溜熟了,却还不知道这一句的字是啥样。他想进去问问,但是他不能。坐在窗前的老师,像只常在愤怒着的老鹰一边抽着水烟袋,一边翻着白眼,盯着一群像小鸡似的低头趴在桌上的小学生。每当哪个学生犯了学规,他白眼圈周围的浅麻子都跳起来了,马上从椅子上站起,向那个不幸的孩子扑去,一把揪住脖子,顺手就是两个耳光。老鹰抓小鸡,小鸡还可以跑和叫,麻老师打小学生,学生连吱一声都不敢。这时韩邦礼在外边打寒战,嘴里低低地骂着:"这孬种!"

麻老师一出门,学生便得了解放,虽然还在琅琅地读书,但这读书声里已经掺杂好多叫笑声了。这时韩邦礼就凑上去,好心地安慰那个受屈的学生,好玩似的问着旁边的白纸上写着的四个字:"这是什么?"

学生说:"天地玄黄。"

这正是韩邦礼在外边听熟的那句书,他死死地盯着,想把它记住,可是那横七竖八的字画太多太乱了。他心里说:"还是一个一个

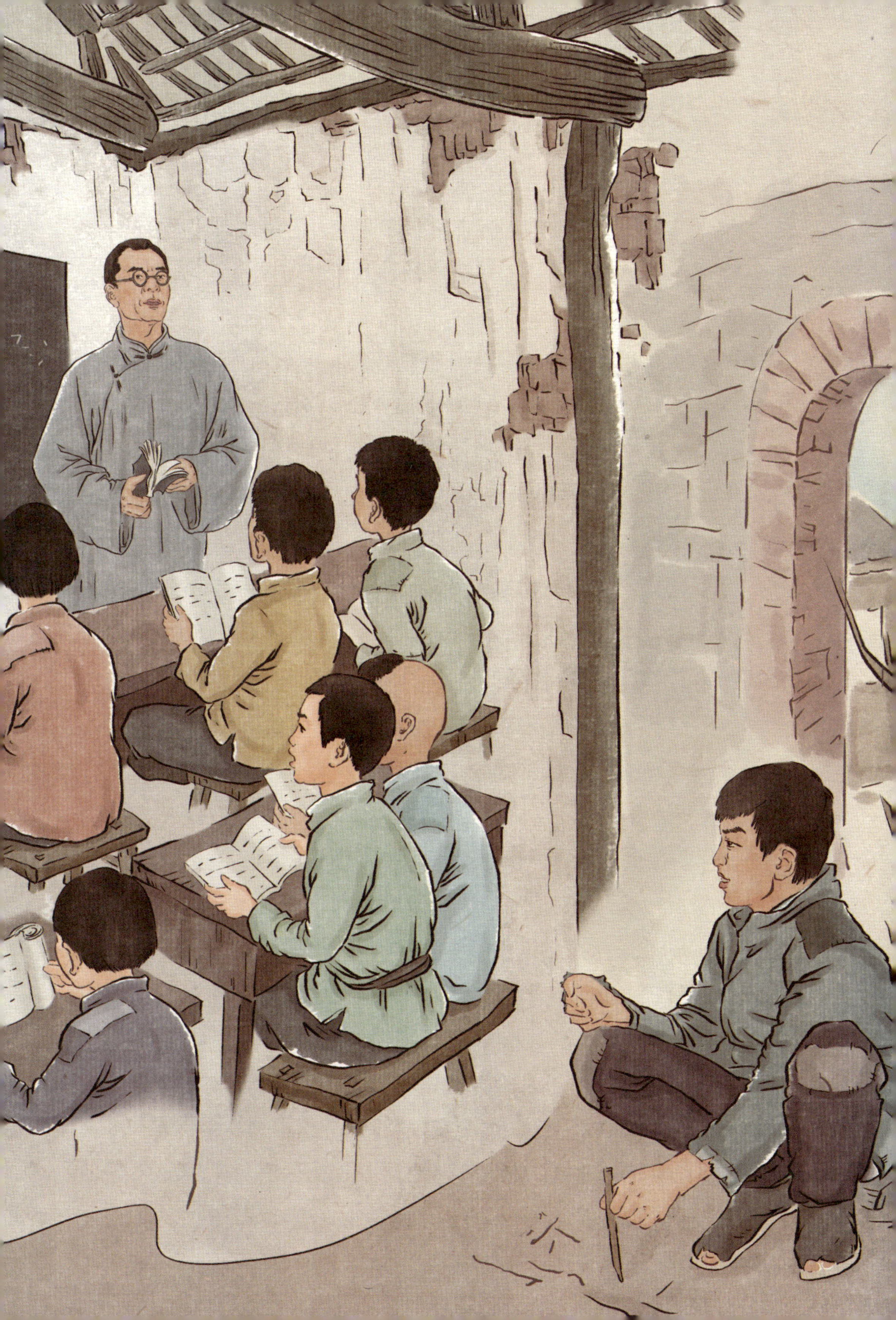

学吧。"他就专心看第二个字,用手指点着问一遍。学生跺着脚说:"是'地'字,就是'地下'的'地'呀!"

"啊!这就是'种地'的'地'字啊!"打小生长在地里的韩邦礼再细细地把这字端详一下,并且暗暗地用手指在大腿上画着,牢牢地把它记在心里。

这是韩邦礼所学的第一个字,下午到地里锄地,一边锄一边想着这个字;放下锄头休息的时候,他就在地上画着,这个地字终于被他画熟了。韩邦礼擦着汗在想:"父亲一辈子种地,自己打小就长在地里,但是种地人打的粮食,种地人怎么捞不着吃……"他用指头在地上点着:"地、地……"

晌午韩邦礼从地里回来,别人都去歇晌,他便到学屋外边去走走,学一个字回来,有时被麻脸老师碰上了,就被指着头皮:"你来干啥?还不下湖,滚出去吧!"

以后他就改成放晌午学后才去,趁着老师学生吃饭还没有回来,偷偷地拾点碎纸,把所学的几个字写下来,很庄重地把它塞进自己的破帽里,等来得早的学生到了,还可以和他们玩一会儿,偷偷地再记一个字。一到地里,休息的时候,他就把头顶上的那张纸掏出来,在地上写上一遍,再写今天新认的。他想起麻老师最近常常在恶狠狠地瞪他,"老家伙是否知道了我去学字呢?以后该少去了,但是还得识字呀!怎么办呢……"手里的字纸,使他想到街上也常常有字纸,那上边有字,不也可以学吗?

以后韩邦礼到学屋来的次数是少了,但是这个驼着背的孩子却在街上像捡草一样捡着字纸,连碎纸片也不放过。他坐在地里、家里,静静地整理着这些碎纸片,从上边找那比较完整的字学着在地上画，却不知道它们叫什么。起先他把一句书记熟了，不知道怎么写。现在知道怎么写，而且写熟了，却不知道怎么念。

他跑到学屋里，偷偷地问学生，有的学生也不认得："老师没有教俺这个字，你去问老师吧！"可是，他怎么敢去碰那个沉着脸瞪着白眼的老师呢！

韩邦礼到别的识字人那里去请教，开始一两次识字人还不在意顺嘴说了，以后知道这穷孩子当真要识字学本事，就把嘴闭上了。韩邦礼在地上画了半天，画了个字，满脸笑容地问：

"二大爷，这是个啥字？"

"啊！？"二大爷装聋作哑。

"这是个啥字啊？"

"啊哈！"二大爷打起哈欠来了。

"二大爷，这个字你教给我！"韩邦礼还是笑着问。

"看不见……"老人拍着屁股扬长而去。

只剩下韩邦礼和画在地上的那个生字。

旁边的人都哈哈地笑了。穷人都夸奖这穷孩子，有钱的就说："你这穷孩子学字有啥用？还不如去拾个粪呢！看你那个样，你还想混个官吗？哈哈……"

可是韩邦礼并不为别人的讥笑和奚落而灰心，还是照样地问字。有时被问得抹不过弯来了，他们会歪着心眼，故意教他错字。有的字韩邦礼得转问两三个人才能证实那是个什么字。

有时候他写熟了五个字，顶多能问会三个，其他的两个字，总问不到，但很久都不能忘掉。

韩邦礼能够在地上排写十六个字了。病刚好的父亲，便让他到外庄去给人家扎活,一年四十吊钱。

走时,韩邦礼很难过。他不是离不开家,也不是怕到东家受苦,他是恋着那个学屋。虽然那学屋并没有他插脚的地方,麻脸老师还常瞪着白眼驱逐他,但他总能克服一些艰难,偷偷地学些字。现在他不能够了。

那天晌午,他一个人在学屋里,把那学会的十六个字,抄在纸上,在帽子里塞好,便到外庄去上工了。

给人家扎活,比不得自己家里,整天忙得喘不过气来,但是韩邦礼只要一放下铁锄,就在地上画字。

扎了一年活,塞在帽上的那张纸,拿下来放上去都摸坏了。在地上画来画去,还是那十六个字,只是比过去更熟了。

两样队伍

虎园真算偏僻,已是抗战第二年了,这里没响过枪炮声。

只是往来的中央军多了,县政府也被鬼子从城里赶过来了,堂堂的中央军却拿着杀鬼子的家伙,吓唬养活了他们的老百姓。县政府要粮要税,捆人罚款,老百姓见官如见虎。庄上的办公人都被有钱的把持着,把沉重的负担,都加在穷人身上。鬼子还没有来糟蹋,穷人却被一帮中国人压迫得透不过气来。平地一声雷,一天韩邦礼扎活回家,八路军就来啦!糟蹋老百姓的队伍、政府在逃跑的时候对老百姓说:"八路军过来活埋人,杀人放火!"但是一支穿破军衣的队伍过来和老百姓一见面,就打破了顽固分子的造谣污蔑。虎园庄也完全变了样:人民的负担减轻了,成立了民主政府,实行减租减息，穷人撑起了腰。韩邦礼家里的债务也清了。讨回来的地，没种子，政府又借给他们了麦种。韩邦礼的父亲出了一口长气说："天下哪有这样好的队伍呀！哪有这样好的政府呀！穷人今后有奔头啦！"

韩邦礼高兴的是庄上办了个冬学，不要钱还发书。"真有这样的好事哩！"韩邦礼第一个去报了名，当他领了一本新书时，喜得说不出话来，到晚上睡觉还抱在怀里。

他每天到冬学里去得最早。买不起铅笔，他在一块木板上铺了沙土，用小棍在上面画，直到三星正南才回家。有时肚子饿了，在黑夜里摸着水瓢喝了冷水再去睡觉。

冬学开课后的第十二天晚上，不幸的事情发生了。

那天冬学里挤满了人，大家正兴高采烈地唱着，歌声又整齐又洪亮。突然屋后一阵急促的脚步声，关着的学屋门，"叭"的一声被一只脚踢开了，接着拥进来了七八个当兵的，一看那歪嘴斜眼的样子，就知道又是过去糟蹋老百姓的那一群魔鬼来了，手里扳着手枪的机头对准学生的头在咋呼着：

"你们在干什么？"

被吓得目瞪口呆的学生一声也不敢响。

有人已经挨耳光了，一个大点的学生才说："我们在念书。"

"念书，为什么还瞎嚷嚷地唱什么！"

"你们念什么书？"一个当官的从一个学生手里夺过一本，翻开一页在看，咕哝着：

"杀人又放火，欺侮老百姓！"

"胡闹！"啪的一声，书被扔在地上，"你们为什么不念《百家姓》，杂字，却念这八路书？"

七八个吃老百姓给养的中央军，在痛打着这些想要识字的、想要抗战的庄稼人。

上冬学的人都哄的一下散了。

因为这些反人民的队伍，常常夜里来活动，抢东西，抓人，冬学被这一搅，就搞垮了。

韩邦礼抱着他那本还没念完的冬学课本，在叹息着。他恨顽军，是顽军破坏了他识字，扒去了他的粮食，吃光了他菜园里的桃子。韩邦礼又和先前一样到处问字了。

现在和过去不同，被问的人都很和蔼地教他。有一次问到一个很热情的同志，不光教他念，还教他写法。那个同志走后，别人才告诉他，刚才那人是县长。韩邦礼激动得不知说什么好，他牢牢记住县长临走时对他说的话："今后好好学习呀！你这样学习很好，穷人要翻身就要斗争，也要识字！"

学外学

虎园庄的游击小组成立了，韩邦礼也参加了。没有枪，上级发两个手雷。韩邦礼不但夜里站岗放哨，还团结几个年轻人在一块识字。他识一百多字了，可以教他们了。

在八路军和人民的武装自卫下，顽军退远了，庄上又准备办冬学。这时私塾不准办了，麻脸老师却假装进步要来办冬学。他说不收学费，可是学生入学得交三斤灯油、一包茶叶，过年过节凭心送礼！这老头在人面前大讲着："现在我也得讲进步呀！我给大家白尽义务，分文不收！灯油嘛，可不能不要！"

实际上一个学生三斤油，十个学生三十斤，二三十个学生就百十斤油。光冬天晚上教几句，就一秤油（一百斤）到手了，不但平时喝不完的茶叶水，过年还能收到一大堆的猪肉、酒、粉条、鱼等礼物，要按书上的词就是"名利双收"。

韩邦礼拿不起灯油，眼看冬学成立了自己不能上，想了一想：给人家打几天短工也能弄上灯油钱的，便硬着头皮去找麻脸老师。

"老师！我也要上冬学，现在没有油。但你放心，我就是打短工也会拿上灯油钱的。"

麻脸把眼珠子一转，笑着说：

"你上学没用呀！一不做生意，二不当掌柜的，上学干啥？说不定哪年还得去要饭哩！认字有啥用！"

韩邦礼气得咳嗽着走了。但他并没有灰心，心里说："你这死顽固老头不教我，有同志们教我！"

韩邦礼知道学习的艰难，所以他劝几个和自己要好的青年好好用功。他们每天在一块割草，歇下来的时候，就教他的伙伴，会两个教两个，会三个教三个。有一天他想起了一个好办法：用大伙儿的力量来学习不更好吗？免得一个人一天跑着找识字的怪麻烦。

他们五个人，分头去找同志去学字，大伙儿轮流着值夜班教，每天拾完了草到南山坡大树集合。当天值班的那个就是老师，把几天里学来的字教给大家，第二天是另一个。开始一天学两个字，后来，一天能学四个字了。

有人问："你们里边谁是老师？"

大家都很自然地说："韩邦礼！"

韩邦礼说："不！大家都是老师！"

最后他们大伙儿笑着说："八路军都是咱们的老师！"

有时天下雨，遇不到同志，韩邦礼就自告奋勇地到冬学里去想办法，当他一傍冬学的边，麻脸的脸色就沉下来说：

"看！偷字的又来了！"

韩邦礼心里说："偷字总不犯罪吧！"麻脸越不让学，韩邦礼越想快学，多学几个字。他每天考虑这个问题，终于想出了和那麻脸斗争的好办法。

韩邦礼发动自己的伙伴们去接近那些冬学学生，和他们要好，每天上山割草都在一起。这些年轻人的感情马上就融洽起来，韩邦礼问他们每天晚上学些什么，冬学的青年当然说了，韩邦礼就说："以后你们把每天晚上学的什么教给我们，我们在外边学的也教给你们！"两下就这样说定了。

上冬学和上不起冬学的年轻人合起心在一块交换学习着，有时还学唱新歌。冬学里的学生非常高兴，都说："这比在老师那里自在多了。"在这批年轻人中间，韩邦礼是团结的核心。

韩邦礼还教他的弟弟妹妹识字。在菜园里，他把一大块瓦当小黑板，上面写着字，让弟弟妹妹照着写，有时菜园的墙上、石头上、小板凳上，甚至水罐子上都画满了字。

在韩邦礼的指点下，弟弟妹妹的学习也很好。

韩邦礼识的字一天比一天多了，家里的生活一天天好了，根据地也一天天巩固起来了。

虎园老百姓经过了对坏蛋的斗争，组织了农救会、妇救会、职工会、青救会。韩邦礼是青救会员。

前年××的石印厂移到这里来了。

为了怕敌人破坏，这石印工厂是秘密的，韩邦礼是民兵，很好地保卫着他们。他每天晚上到厂里去识字，工人们把裁剩下的纸头订成本子送给韩邦礼，指导员又送他一本新出的文化课本。韩邦礼高兴得说不出话。他心里过意不去，就每晚到厂里去积极地帮助工人磨板、裁纸、挑水，直到夜深。工人们吃夜饭，也请他吃，他像个按时上班的夜工。

工作忙了，他帮着做工；工作闲了，他学习文化课本。这个课本对他的教育很大，头一课是："中国人有受压迫的人，有压迫人的人！"他读了非常受感动。夜间放哨时，他非常关心这个工厂的安全。那天，天刚放亮，鬼子来扫荡，到了十字路口。韩邦礼立即拿着枪跑到石印厂去报告情况，和民兵们在枪声里帮着工人挖坑埋机器，最后保护着同志们一块上山去隐蔽。

石印厂在这里开了一年多，韩邦礼和工人相处中，学到不少新知识。他不但学会了好多生字，也了解到好多过去所不了解的问题。他知道了谁是压迫人的人，穷人为什么受压迫，穷人怎样才能翻身，谁是救星，谁是敌人，将来打倒敌人，劳苦的人民过怎样的日子。他认清了只有共产党才是人民的救星。

当石印厂迁走的时候，韩邦礼拉着工人们的手送出庄子好远还不肯回来。最后工人送给他两个本子。韩邦礼远远地望着同志们远去的背影，眼睛里泛着泪花。

钢笔

石印厂迁走后，休养所又来了。

韩邦礼很快又跟所里的同志们混熟了。医生、看护员、指导员、病号都成了韩邦礼的老师。石印厂工人送他的那本文化课本已经学完了，看到街上的布告和标语也能念念了，有不认得的字，抄下来向同志们学。

看看《大众日报》，他还有不认得的字和不懂的地方，就再加劲用心学。他说："我一定要学会看报，念给俺穷人听听。"

他还是和过去一样热心地教他的伙伴，现在他的伙伴手中都有一支粉笔了，大家已经养成了习惯，学会了一个生字，就要在墙上写出来。韩邦礼到哪里，哪里的墙就画满了字；韩邦礼的伙伴们到哪里，哪里的墙上就会有更多的字。

每当韩邦礼过街的时候，老大娘们都在叽咕着："看！画街头的又来了！"

于是人们都叫韩邦礼"画街头的！"韩邦礼听到了，很快地就把它当作缺点改掉了。他劝伙伴也别在墙上画，还是在地上画，画完

就用脚抹了。韩邦礼只要知道了自己的短处，就马上改正。

韩邦礼识字不少了，很需要一支笔，但没有钱买。有次他在街上捡了一支秃了头的毛笔，可是没有砚台和墨，还是不能用，再说行走又不好带。有时他顶多用半截小铅笔在纸上画着字。

有一天，王医生把水笔尖拔下来，在洗钢笔管，韩邦礼坐在旁边眼巴巴地望着。他好奇地拿起绿色的笔管看了又看，低声说："这不像个子弹壳吗？"又拿起笔帽看了看，心里说："这像子弹壳去了嘴！"他把笔尖和笔舌头细细地端详了好久。

王医生把钢笔安起来，装上水，在纸上画着字，笔尖下流出了蓝蓝的字迹。

"这笔多好呀！"韩邦礼心里说，"我有一支才好呢！"

韩邦礼想到家里的子弹壳，想着：这不能做个吗？试试看！他再把钢笔细细地看了一遍，便一声不响地回家了。

韩邦礼费了三天的工夫用子弹壳做好了一支钢笔，还很管用，只是比买的钢笔粗一些、沉一些。人家的是化学品做的，他的却是铜的，可不容易用坏。这穷苦出身的年轻人为了学习，忘记了一切，战胜了一切，也想尽了一切。

他把自造的钢笔带到南山坡上的大树下，给他的伙伴们看，大家都争着在纸上写字，齐称赞："韩邦礼真巧！"韩邦礼站在上边，拿着斜膀子上的擦脸布，擦着脸上的汗，在默默地微笑着。

有的伙伴要求给他做一个。韩邦礼点着头说："只要你们好好学习，我一定给你们做！"

大家识字都更带劲了，韩邦礼一气做了四支自造钢笔，送给一起识字的伙伴。

由于韩邦礼能够团结青年人和刻苦学习文化，青救会选他当了学习委员。

冬学停止了。

韩邦礼把儿童和青年召集起来，说："我教你们识字。"

民校成立了，他一点架子都没有，待人又和气，讲课又清楚。他不喜欢别人叫他老师，别人一喊他老师，他就急忙阻止说：

"这还了得吗，我也是学生呀！以后别这样叫，要叫叫名字好了。"

开始没有黑板，他在地上画字，或在一个固定的墙上写。

那天庄上到西山去砸庙，韩邦礼那一伙子也去了。这个斜肩膀的青年人爬到神像的肩膀上，摘下了屋顶上的匾，对他的伙伴们说："这不是很好的黑板吗？"

摘了五块，他们留了两块，送给附近小庄子三块，因为庙是公的，也好让人家办学。

他们扛着神匾回了庄，韩邦礼自己动手挖锅灰，用胶和油涂成黑板。

每当晌午的时候，在河边的树林里，都竖着一块大黑板，黑板的旁边站着一个大眼睛、微微驼着背的矮个儿青年，在细心地教着大家识字。

韩邦礼不但教着青年、儿童，而且能读报给大家听了。有啥事大伙儿都来问他。有时要写点什么，只要向他一说，他就马上给你办了。虎园里的穷人们，再不像往年那样作难了，用酒肉茶叶都请不来识字人。

可是他仍旧很虚心，不自满，还常到同志们那里去学习。

"穷孩子没有歪心眼吧?"

韩邦礼教着民校,自己又学识字,还帮着别人写点什么。农救会又选了他做小组长,时常算账抄名单。他那支自造的钢笔没一天闲着,笔尖磨粗了,下水也不匀了,有时不下水,有时一下一大摊。总之,在学习上、工作上,韩邦礼很需要一支像样的钢笔。

他想给父亲提一提,但觉得提也是白提,穷家是买不起钢笔的。麦子黄梢的时候,韩邦礼一声不响地给人家打了五天短工,一天净挣五块钱,共得二十五块。他紧紧地握在手里,大热天穿着破棉袄,想到集上去买支钢笔。

临走时,父亲说:

"现在快使场了,你买个叉吧,买把大扫帚也好。不,你就买糁子回来,家里也快没有粮食了。"

到了集上,问问叉,卖二十五元;问问大扫帚,也要二十五元。韩邦礼再跑到粮食市上去问毛糁,一升要二十六七元,看样二十五元也能买着了。

最后他到洋货摊上去问那耀眼明光的钢笔,也是二十五元。

怎么办呢?这个穿着破袄头的青年人在集上走过来走过去,后来坐在一块大石头上,一边擦汗,一边寻思着,二十五元票子握在手里,被手心的汗水都浸湿了,还拿不定主意。

最后他想到县长的话,"要翻身,要识字?"把脚一跺,下了决心了:买钢笔!

韩邦礼虽然做过钢笔,但常年在地里受苦,熟悉的还是锄头和镰刀,他认不出钢笔的好孬,"买瞎了怎么办呢?"他又犯愁了。

韩邦礼苦学记 ★ 111

突然碰到了新选的村长，他虽然也是穷人出身，但常和同志们在一块开会，总比自己懂些。韩邦礼拉着村长的手，把钱给他，挑了半天，才挑好了一支红色的钢笔，递过去握湿的票子，轻快地出来了。村长要他吃点饭去，他说不饿！其实他早饿了，想到茶棚里去找碗热水喝，被卖茶的挡住了。没有钱能喝茶吗？他只好跑到河边喝口冷水往回家的路上走。一路上，韩邦礼不断地看着钢笔，打开钢笔帽，笔尖在阳光下放着刺目的光芒，喜得他把肚子饿都忘记了。

到了家，韩邦礼拿着钢笔给父亲看，喜滋滋地说：

"我买了一支钢笔！"

"好！你买钢笔你就吃钢笔吧！"

"我吃不了钢笔，却用着钢笔了！咱受的罪还不够吗？！"

韩邦礼的确用着这支钢笔了，没有几天区上就来人丈量土地了。工作同志知道韩邦礼识字，工作积极认真，除了让他丈量他那一组，又发给了他一组，村西北角的土地，都由韩邦礼丈量。

韩邦礼通夜抄写着地亩单子。区上发下一条秫秸秆子当打地杆子。韩邦礼到河边自己的树行子里去砍了一条木杆子，削了皮，与区上的杆子比了长短，很规矩地在上边写着"路镇区官杆子"六个字。量地需用算盘，韩邦礼又习了一下归法，那是他去年把算盘背在筐头里，到地里跟他四叔学的，现在用着了。

一切准备停当，韩邦礼先打自己的地，一丝一毫不差。

当韩邦礼要正式丈量地的前一天晚上，有些过去扭着胡子对穷人翻白眼的老头们，和颜悦色地来到了韩邦礼的穷家。

过去，这些客都是谁也得罪不起的，父亲还是强打着笑脸逢迎着，韩邦礼却朝他们打个招呼，又冷冷地坐在那里抄写着明天就要动手丈量的地亩单子。

来客都用同样的亲热口气,向韩邦礼说着话。因为韩邦礼在庄里辈分小,所以就开口"孙子",闭口"孙子"地叫着:"明天不是丈量我的地吗?"接着声音便低下去了,往韩邦礼跟前凑了又凑:"孙子,你可得要注意点啊!给自己爷们可别太认真了,竖阔没大意思,横阔少量一杆子就是一亩,要记住啊……"

"那哪儿能行呢!"韩邦礼没等对方说完就把话接过来,"上级叫我负责任打,我得打个正确,有三七我打个二十一,有地的户都瞒地,给养还像过去一样都出在穷人身上吗?现在不是过去了,爷爷,你回去吧!有一打一,反正不会给你多打就是了。"

一向很要脸皮的老头,听了并没有变脸色,还是打着哈哈说:"孙子,还是注意点!"老人为了自己的私利,像过去对待当官的一样,来奉承刚从苦难中生长起来的孙子——韩邦礼了。

寒冷的十月天,韩邦礼领着大伙在山窝里跑来跑去地丈量着地,破鞋底掉了,就赤着脚在雪地、石头上走着,手里拿红色的钢笔在本子上写着。人们从哪里下杆子,都来问问韩邦礼,有一寸打一寸,有一分打一分,没有一点偏差,多少年来老掌杆子的人都在咋舌头,从来没有看见过这样认真打地的人。

韩邦礼凭着良心量地,可是一向以多报少的瞒地户,却来找韩邦礼瞎嚷嚷了。

这次来韩邦礼家的人,好多都是打地前来过的,脸色都与以前大不相同了,一进门就瞪着眼睛问:

"你为啥把俺的地给打多了呀?"

韩邦礼也瞪大了眼睛说:"你别再来吓唬俺好不好?有你的地在

那里摆着，看看这里有区公所定的官杆子，你不信，咱再打第二遍。"

有好多地是在地主的质问下重打第二遍的，但是都和第一次量的没有两样。韩邦礼说："怎么样？咱穷人没有歪心眼吧？是你们有土地的人过去占便宜占惯了，明明正好，就觉得吃亏！"

这些过去占便宜的人一声不响地走了，但到外边还是瞎嚷嚷，说给他的地打多了。

韩邦礼去找村长和指导员，把这事情商讨了一下。晚上开了个村民大会，韩邦礼在大家面前，报告了他怎样打地，有些人怎样去要他少量，还造谣破坏。很多农救会员、村干部都站起来发言，向这些破坏量地的家伙做斗争，并且要他们在大家面前承认了错误。

晚上回家，父亲对韩邦礼说："你可闯下大祸了，将来天变了人家一报告，可没你活的啦！"

韩邦礼愤愤地说："反正就这一条命，来了就跟他干！穷人要翻身就不怕！"

在工作斗争中

在量地的时候，韩邦礼迎着北风、赤着脚在雪后的山地上跑，他并没觉得什么！量地后受着大肚子的攻击，他也没觉得什么！然而他心爱的钢笔弄坏了，韩邦礼却难受了好几天。

那一天，全区召开纪念"五四"青年节大会，韩邦礼也去参加，大家都在会场上唱歌，他却在看会场周围的一条条标语：

"拥护中国共产党！"

韩邦礼低低地念着，还自言自语地说："对！应该好好拥护，真心拥护,没有共产党,穷人就翻不了身!"

他念到一条:"纪念五四,青年人要团结起来!"韩邦礼又点点头说:"对!合起心来才有劲!"

因为到会的人太多,坐在后边的韩邦礼听不到前边的讲话声。

大会开到最后,锣鼓声起了,有人说要发奖了。

忽然台上喊着"韩邦礼"的名字,开始他没有听见,别人对他说:"韩邦礼,台上喊你了!"

韩邦礼瞪着大眼说:"不是喊我吧?我又不会讲话。"

台上又在大声喊着:"虎园的韩邦礼快上台来!"这一次韩邦礼听到了,在大家的催促下,向台上走去。

韩邦礼走到台边,微斜的肩膀更有点驼了。他一双大大的眼睛不知往哪里看才好。在热烈的鼓掌声里,只见台下黑压压的人群中一双双眼睛都在望着他。他浑身打着战。这穷苦的年轻人从来没有到过这样多人的会场,也从来没有这样受人欢迎过。

锣鼓敲着,从台后走出一队学生,扭着秧歌舞扭到韩邦礼的跟前,献给他一支耀眼的红色新钢笔。

台上台下高喊着,韩邦礼是全区青年学习模范。

韩邦礼走下台去,兴奋得眼里冒着泪花。大伙都围着他,争着看他的红钢笔。

这事情马上传遍了全虎园,这个说:"这孩子有出息!"那个说:"韩邦礼得奖了!"有些老妈妈在传说:"韩邦礼中了头一名。"虎园庄像出了一个状元。

因为韩邦礼的得奖,民校的人数扩大了。

庄上成立了合作社,好多人选他做了管理委员。今年大生产,

全庄成立了搭褙组，选他做了学习委员。韩邦礼每天在小黑板上写着字，挂在街头，并抄给各个小组，到地里学习，他也在家里留个底子，贴在墙上让自己的小弟弟小妹妹念着。

韩邦礼所学的都用着了，他能够制订自己的安家计划，现在每天家里的出入消费账，他都记着；他能够经管合作社的账目，并教育青年、儿童为大家服务；他能够帮助穷人解决不识字人的困难。他能够看报懂道理。认清是谁改变了穷人的命运，知道自己和大家要走什么道路。所以，堆在他身上的工作越多他越虚心，除了文字上，在体力上他也能够帮助老年人干活，庄上的老人们都在夸奖他。

当然，庄上也有少数想压迫人的家伙在恨着韩邦礼，暗暗在说："看那个样子，咱庄的人物都叫他一个人干了！将来终有变天那一天。"

对于坏蛋，如果他现在还在破坏，韩邦礼就会把破坏的事实记在小本子上，在大会上对坏蛋做坚决的斗争。

旧村长很坏，勾结叛军，后来又时常造谣破坏庄上的工作。韩邦礼在有十几个庄子群众参加的大会上发言，他拿着纸条子，上边写了旧村长一条条的罪状，向大家揭发。韩邦礼的笔已经是一支对敌人、坏蛋斗争的武器了。对上级每一个号召，他都积极地执行。

接到上级量地的通知，他就帮着量地；看到过年禁赌的布告，他就领着区中队抓赌。村上选他做了公安员后，见了反会门布告，他领导了全庄的反会门工作。那一天，他和妇救会会长到一个已经查明的秘密教头的老头家里，很热情地叫："老大爷，吃过饭了吗？"

"吃过了！有啥事吗？"老人不安地问。

"咱家不是烧香吗？"

老人点点头说："烧香……"

"听说咱家还有一个小铜佛和一本天书。"

老头急忙摇着头说："没有，没有，咱家没那！"

韩邦礼见老人不说实话，便把反会门的道理给他讲了一遍，并且说明了政府宽大救人的态度，要老头把铜佛拿出来。任凭韩邦礼说破了嘴，老人却死咬一句："咱家没有那！"

这时县公安局正在这里住，韩邦礼计上心来，向那个押差的屋一指说：

"老大爷，你看那屋里都是干什么的？"

老人说："那不是犯罪的吗？"

韩邦礼说："那是受敌人欺骗的秘密教呀！有了证据他还嘴硬。其实，他说出来反省一下，早就没有这种事啦！"

"啊，孙子你等着，我去给你拿来吧！"

韩邦礼把老人好好地安慰了一下，叫他不要怕，只要在村民大会上承认错误，反省坦白一下就没事了。他和妇救会会长笑着把物证交到了村公所，又到第二家去了。

这样只反了几个头子，全庄在秘密教的人，都在村民大会上承认错误说是受骗了。

韩邦礼自然也得罪了一些坏蛋。有一天晚上,韩邦礼和三个民兵一块去查岗,在一条街拐角处,突然从暗处抛来两块石头,幸好没打着。这说明坏蛋想对他下毒手。韩邦礼并不害怕,因为他觉得自己没有办错事,这些坏蛋总有一天会被消灭的。上级发给他一支手枪,韩邦礼以村公安员的资格,保卫着自己,保卫着整个村庄的安全。

坏蛋知道他有枪后,便不敢动了。

一朵大红花

坏蛋对韩邦礼,硬的不行,就来软的。

一天,一个家伙把韩邦礼偷偷地拉到一边,亲热地拍着他的肩膀,装出一副关心的样子说:"以后可别再乱出头了,没有好处呀!福叫人家享了,人却叫你得罪了,何苦呢!我看你还是做个小生意吧,你又识字又会算账,一定能发财。没有钱,我给你生办法,以后你全家人都有吃有喝的啦!"

韩邦礼听到这人话里有话,便追问下去:

"你这样帮助我,要我做些什么呢?"

"没有啥,以后庄上干部开啥会,干部开会商量些什么,你常告诉我就是了。保准,我一定给你解决困难!"

"好!"韩邦礼不能掏出本子记下来,却记在心里。

那家伙奸诈地说:"你好好想想。再说,再说将来变天……别再傻瓜了。我已经和你父亲说了,他没有说什么,只要你愿意就可……"

韩邦礼去找指导员和村级干部开了一个会，商量对付办法。

第二天晚上开了个村民大会，村指导员揭穿了破坏者的阴谋，最后指导员大声说：

"我们受罪的穷人现在站起来了，可是那些过去压迫人的家伙却千方百计地想把穷人买倒，他好再骑在穷人头上去享福。告诉你们，穷人的骨头是硬的，用金钱是买不倒的，倒下去的只能是你们那些想骑在别人头上的人！大家要很好地警惕，防止坏蛋的破坏……"

这会开过以后，坏蛋知道韩邦礼已经告诉了村干部，便跑到韩邦礼的父亲那里去，哭丧着脸假惺惺地说："我这是何苦呢？热心肠却当了驴肝肺，这孩子你得好好地管教管教他！他分不出好歹人。那天他订生产计划，把地里的地瓜，说一亩地能刨六百斤，我在旁边用肘子搗了他一下，你看他傻不傻？这孩子闹下去没有好呀，将来变天……后悔也迟了！"

韩邦礼一回家，他父亲就啰唆上了。

"你连一点米样的事情都存不住呀……"

"他是收买……"

"人家借钱给你做生意还是坏事吗？"

"他买倒了你，就把你吃了啦。咱过去啥罪没受过，现在人家两句好话，就把你糊住了？"

"听说将来还要变天，反正你自己造罪自己受，没人替你！"

"再别说变天变天了吧！以后谁欺侮咱老百姓都不行，你可再不要信那些鬼话了，就是亲老头也得斗！"

"啊?！"父亲吼了一声，"就是亲老头也得斗？"顺手从旁边摸了一条棍,直照着韩邦礼奔去。

韩邦礼连忙从家里跑出来。老头提着棍子从家里赶出来,嘴里骂着:"我养活你大了,你要疯了!"

大家都出来拉着,村干部也来了,把他父亲说了一顿,并且从根到梢地把里边的事由给老人家讲明白,才算完了。

七月间,韩邦礼到县里去开模范代表大会。在全县里三百多模范代表中间,韩邦礼胸前飘着红色的代表证,向大家报告着他的学习经过,手里还拿着讲话提纲。代表们都为他学习的斗争精神所感动。最后,韩邦礼说:

"我还不行;我还看不好毛主席的书,我一定跟着毛主席走,要很好地读毛主席的书,我以后更要好好地学习。"杨县长在总结时,特别提到韩邦礼,号召大家都要向韩邦礼学习。

韩邦礼被大会选为一等学习模范!

在一片奏乐声中,在伟大的中国人民领袖毛泽东的大画像前,韩邦礼像其他代表一样,由杨县长亲自在他胸前插上一朵大红花。当韩邦礼抱着一大包奖品从台上转回身来的时候,他眼睛望着门旁两行大字:

共产党是人民的救星!

我们永远跟着共产党走!